ARDA
EREL

ARA
YIŞ

Arayış / *Arda Erel*

Yayıncı ve Matbaa Sertifika No: 10614

Genel yayın yönetmeni Ahmet Bozkurt
Editör Mine Şirin
Kapak tasarım Utku Lomlu
Sayfa tasarım Yasemin Çatal

ISBN: 978-975-10-3743-5

17 18 19 20 7 6 5 4 3 2
İstanbul, 2017

Baskı ve Cilt
İnkılâp Kitabevi Yayın Sanayi ve Ticaret AŞ
Çobançeşme Mah. Sanayi Cad. Altay Sk. No. 8
34196 Yenibosna – İstanbul
Tel : (0212) 496 11 11 (Pbx)

İnkılâp Kitabevi Yayın Sanayi ve Ticaret AŞ
Çobançeşme Mah. Sanayi Cad. Altay Sk. No. 8
34196 Yenibosna – İstanbul
Tel : (0212) 496 11 11 (Pbx)
Faks : (0212) 496 11 12
posta@inkilap.com
inkilap.com

ARDA EREL

ARAYIŞ

İNKILÂP 90. yıl

İçindekiler

Hayat gerçekten güzel.
Belki sen şu an o güzel döneminde değilsin sadece.
İyi insanlar, gerçekten var.
Belki sen şu an kötülere denk geliyorsun sadece.
Emin ol, bitişler güzel.
Çünkü ardında güzel başlangıçlar saklıyorlar.
Belki sen daha o başlangıcı yaşamadın sadece.
Belki de o başlangıca çok yakınsın.

*

Yaşadığım şeylerin artık sadece birer "öğreti" olduğunu düşünmüyorum. Yaşadığım her neyse, bunları sizlerle paylaştığım için, onların şu an bunu okuyan kişi için bile birer ders olduğunu düşünüyorum. Sadece benim değiller. Sadece bana ait değiller. Farkındaysanız, başkalarının yaşadıkları, bizim için de bir tecrübe olur. Benim yaşadıklarım da hem bana hem size tecrübe. Sanırım yaşadıklarım anlatılmayı, dinlenilmeyi isteyip; başkalarına da bana olduğu gibi "ders" olmayı bekliyor. Belki yaşadıklarım tekrar düşünülmek isteyip, bana yeniden bir şeyler katmanın peşinde.

İlk kitabımı yazıp, çok sattığını gördüğümde kendi kendime sordum: Acaba insanların yazılarımda bulduğu şey tam olarak neydi? Gerçekten düşünüyorum da, benden çok daha güzel yazan insanlar var ama benim kadar takip edilmiyor veya okunmuyor. Belki de benim yaşadıklarım, benim gözlemlerim, başkalarının da gözlerinin açılmasını sağlıyor. "Sen çok farkında olarak yaşıyorsun, her şeyi erkenden keşfettin, bu yüzden başka gözle bakabiliyorsun hayata," demişti çok sevdiğim biri.

Farkındalıklarımın hayatımı ne kadar çok değiştirdiğini biliyorum.

Ve bu kitabı, hayattaki farkındalığını artırarak hayatını güzelleştirmek isteyen herkese adıyorum...

Giriş

Kelimeleri susmuyor, dökülüyordu adeta kalbinden. Sözcüklerinin zihninden değil, kalbinden geldiğini hissediyordu.

Yaşadığı sorunlar bitmek bilmiyordu, kimin biterdi ki? Bir acıyı kovarken, bir başka acıyla tanıştırırdı hayat insanı.

Hatta bir sevinç bitip tükense, başka bir sevinç illa ki gelirdi ardından. İç içeydi her şey. Acıyla sevinç, sevinçle acı...

Bir de takıntısı vardı: Mucizelere inanıyor, inanmayanlarla aynı ortamda bile duramıyordu. Hayır, o sadece başından geçenlere bağlı bir hayat yaşamıyordu. Yanındakinden de sorumluydu, sokaktakinden de. Herkesi kucaklayan bir tavrı, girdiği her ortamda kendi kalbini yansıttığına inandığı bir enerjisi vardı. "Bu gördüklerimi sadece ben görmemeliyim," diyordu sessizce kendi kendine, "Bu öğrendiklerimi sadece ben öğrenmemeliyim; benim gördüklerim, benim öğrendiklerim başkasının da işine yaramalı." İnsanları iyileştirmek için çarpan bir kalbi vardı; nedenini bilmiyordu ama her şeyden önce bu önemliydi onun için. İnsanlara iyi geldikçe düzeliyordu belki her şey. Asıl sır bu olabilir miydi? Başkasını iyileştirdikçe iyileşmek. Başkasını mutlu ettikçe mutluluğun artması, başkasındaki güzelliği gördükçe güzelleşmek...

Öğrendiklerini yettiremiyordu. Öğrenecekleri biter miydi insanın? Asla.

Bu yüzden kelimeleri de susturmuyordu onu. Peşini bırakmıyor, geceleri uykusundan uyandırıyordu.

Dökülüyordu parça parça, tane tane.

Toprağa iyi gelen yağmur gibi, insanlara iyi gelmek istiyordu.

Sonra, başladı...

Şu anda kitabı okuyan her kim varsa, ona iyi gelmeye, onun için yazmaya...

Kurtuluş...

Annem inançlı bir kadın. Orucunu tutar, dualarını eder, kalbini temiz tutmaya, ona öğretilen şeyleri yapmaya çalışır, şükreder. İyi bir kul olma yolunda yani. Babamsa, bir yaratıcının olduğuna inanır ama yazılan kitaplar hakkında muallakta olan biri... Buna rağmen babam her zaman "Arda dini bilen biri olsun, din hakkında fikri olsun, öyle yetiştir Figen, ben yapamasam da sen yap," dermiş anneme. Sanırım o da bir şeylerin farkında ama işine gelmiyor. Şaka bir yana, bana yaklaşımları hiç de öyle olmadı. Annem bana bir şey öğretmedi, yani gelip Allah'ı anlatmadı. Babam Kuran yalan demedi. Ben yaşadıklarımı kendi kendime anlamlandırmaya çalıştım hep.

Zor geçen bir çocukluğunuz olmuşsa, hayatı, evreni, kaderi, Allah'ı, neden-sonuç ilişkisini, zengini, fakiri, düzeni daha çok merak ediyorsunuz, daha çok sorguluyorsunuz, daha çok dalmak istiyorsunuz hayatın içine. Hem yaşadıklarınız hem de duygularınız sizi sorgulamaya itiyor. Aslına bakarsanız, yalnızlık çok büyük bir sorgulama nedeni bana göre. Ben tek çocuk olarak büyüdüm ve daima yalnızdım. Demek ki kendimi hep düşünmeye ve sorgulamaya itmişim. Ve şimdi yazarken aklıma geldi de; eğer yaşadıklarınız ağır geliyorsa, kuzeninizin, arkadaşlarınızın tecrübelerinden farklıysa, kendinizi onlardan soyutluyorsunuz. Ben de bir zamanlar onu yapmıştım. Soyutlamıştım... Ama nasıl bir soyutlama? Öyle bunalımlara girmiyordum. Tabii ki üzülüyordum aile yemeklerine gidememeye, annemle babamı birbirlerine sevgi dolu bakarken görememeye... Yine de şanslıyım, demiştim. Kaç yaşındaydım hatırlamıyorum şu an ama küçükken, yatağımda kendi kendime "Bu yaşadıklarım şu an beni üzüyor olabilir ama ileride iyi biri yapacak, iyi yerlere taşıyacak beni; bu sadece bir süreç..." demiştim.

Yani hayat bana "seçenek" sundu. Zor zamanlarımdan ya agresif, hayatı sevmeyen, onu zor bulan, inançsız, negatif bir Arda olarak çıkacaktım ya da öğrenmiş, inançlı, doğru yolu arayan bir Arda olarak. Bu yüzden de her yaşadığımız, birer "seçenek" sunuyor gibi geliyor bana. Ya kötünün içindeki "iyiyi" görme seçeneği ya da "kötü"nün peşinden koşup, onun peşinden gitme seçeneği...

Sizin seçeneğiniz hangisi? Yaşadıklarınız –iyi ya da kötü– sizi doğruya mı götürüyor, yoksa felakete mi sürüklüyor? Sizi Allah'a yakınlaştırıyor mu, yoksa ondan uzaklaştırıyor mu? Cevapların hepsi, sizin seçeneğiniz. Hepsi size kalmış... Tercih sizin.

Tercihinizin içinde saklanan kurtuluş sizin.

Kendi Zihnin = Kendi Dünyan

İnsanları ve yaşadıklarının nedenlerini, artık söylediklerinden anlayabiliyorum. Cümlelerinden "hop" diye çıkarabiliyorum niye başlarına kötü bir şey geldiğini veya hayatlarına yanlış birini sokmuşlarsa, onu neden hayatlarına çektiklerini.

Bir arkadaşım var. Her buluştuğumuzda "Biliyor musun Arda, günlerdir düşünüp duruyorum da; beni pek kimse sevmez, benimle herkes öyle kolay anlaşamaz, biraz zor bir kişiliğim var sanırım..." deyip duruyor. Bir sohbetin arasına illa sıkıştırıveriyor böyle cümlelerini. Hayır, işin ilginç tarafı, haklı da! Hakkında bazen kötü şeyler duyuyor, sevilmediğini biliyordum. Onunla konuştuktan sonra, "O bunu –yani başkalarının onu sevmediğini– gerçekten hissediyor mu, yoksa kafasında yarattığı şey, onun gerçeğine mi dönüşüyor?" diye sordum kendime. Cümlelerin insanlar üzerindeki etkilerini biliyordum ama bu kez canlı bir örnekle karşı karşıyaydım! Onunla eskisi gibi buluşmaya devam ettim. Çok dinledim. Sürekli olumsuz cümleler kuruyor, başkalarıyla ilgili sürekli olumsuz şeylerden bahsediyordu. Sonra anladım... Herkes farklı farklıydı ve insan, kafasında bir dünya yaratıyordu kendine. Onun dünyası, benim dünyam... Ne kadar farklıydı. Dünyalarımızın içinde melekler de vardı şeytanlar da. Eğer istersek içine iyi insanları da alabiliyorduk, kötü insanları da. İstersek, sevgi de koyabiliyorduk içine, nefret de.

Şimdi düşünüyorum da, zihnin sen ne dersen onu senin için nesnel dünyada yaratıyor. Benim hayatımda kötü insanlar yok mu? Ee, tabii ki var! Ama ben görmüyorum. Örnek vereyim, benim ağzımdan bir kez olsun "Hiç mi beni iyi bir insan bulmaz?" diye bir şey çıkmamıştır ya da "Beni hiç kimse sevmez, çok fena biriyimdir," dememişimdir. Düşünüyorum da, bu arkadaşımın zihninde yarattığı dünya ile benimki hiç aynı değilmiş, ondan o bana garip geliyormuş. Mutlaka var beni sevmeyen; olmaz olur mu, mümkün mü? Belki binlerce insan var hatta, ama ben bunu düşünmüyorum. Kendi kurduğum dünyama almıyorum onları. Niye alayım ki? Bu, çok severek yediğin yemeğe, kezzap dökmek gibi bir şey olur...

Zihnimde, kendime iyiliği ve iyi insanları çektiğimi biliyorum. Elbette kötüler de var ama benden uzaktalar.

Öyle hissediyorum, öyle istiyorum, öyle de oluyor...

Geçenlerde, bir yandan bahsettiğim arkadaşımın yaşadıklarını sorgularken, bir yandan da halamla oturup konuşuyordum. Güzel giden bir hayatı olduğu için halama çok şanslı olduğunu söylediğimde, o da bana:

"Arda, çünkü ben hep Allah'ın şanslı kulu olduğumu düşündüm. Hep öyle dedim kendi kendime. Öyle de oldu..." diye cevap verdi.

O gün söyledikleriyle, bir kere daha, nasıl düşünmem gerektiğini anladım halamdan... Bu arkadaşımın hayatından da nasıl düşünmemem gerektiği sonucunu çıkardım...

Hazır mısın?

Çeşit çeşit insan tanıyorum. Zengin, fakir, başarılı, işsiz, güzel, çirkin, dürüst, yalancı, Müslüman, Yahudi, Hıristiyan, ateist, deist, Kürt, Türk, Alevi, Rum. Birçok insanla aynı masada oturdum. Herkesi dinlemeyi seviyorum. Hele de farklı görüşlerdeki insanların hayat felsefelerini dinleyip, eve döndüğümde kendi hayatımla başkasının hayatını karşılaştırmaya bayılıyorum. Ama bunu asla bir kıskançlık, imrenme olarak algılamam. Biri çok başarılı diyelim. Hemen sorular sorarım ona. Sorularım genelde hayata, kendisine, karşısındakine nasıl baktığına, Allah'a nasıl baktığına dair olur. Örneğin birinin çok güzel bir aşk hayatı var; hemen kendine, anne babasına, karşısındakine verdiği değere, hayatına verdiği değere bakarım... Çünkü bir insanın bakış açısının, onun hayatında olacaklara yön verdiğine inanıyorum. Ne kadar para kazanacağından, o parayı nasıl harcayacağından, nasıl bir evlilik yapacağından, nasıl bir arkadaş çevresi olacağına kadar çok şeyi belirliyor bakış açılarımız. Nasıl mı bu kadar emin konuşuyorum? Çünkü gözlem yaptım. Bu anlatacağım gözlem de yüzlerce, belki binlercesinden sadece biri...

Zenginliğe ve lükse merakı olan bir arkadaşım var, çok da severim. Detay vererek anlatmam gerekirse, o her zaman marka çantalar kullanır, aldıklarını insanların gözüne sokmayı sever; makarnasını bile en lezzetli yapan, en lüks yerde yerdi ama bunu insanları küçümseyerek yapmazdı. Seviyordu sadece lüksü, lüks giyinmeyi ve yaşamayı. Güzel bir hayatı vardı. Küçüklüğünden beri öyleydi. Ben onu bildiğimden beri... Sonra başına kötü şeyler geldi. Maddi açıdan çok zor günler geçirdi. Annesi de işini kaybetti babası da. Hatta annesi başka şehirlerde bile iş aramaya başladı. Mahvolmuşlardı.

Ben özel hayatımda yaşadıklarımı mutlaka yüzünde taşıyan biriydim. Eğer mutsuzsam, bunu yüzümden okurdu herkes. Eğer canım sıkkınsa, fark ederdi mutlaka birileri. "N'oldu sana Arda, bi' durgunsun sanki?" deyiverirlerdi hemen. Yüzümden okunurdu, içimde olup biten ne varsa...

Ama o öyle yapmadı. Kimseye bir şey hissettirmedi. Yüzünden hiçbir şey okunmadı. Yaşadıklarını yüzüne yansıtmadı. "Allah Allah" dedim. "İçi dışı bir değil mi acaba?" diye bile düşündüm. "Ben olsam uluorta ağlardım kesin," dedim kendi kendime. Zaman geçip kendi güçsüzlüğümü düşününce, birden ona hak vermeye başladım. O farklıydı benden, bu farklılığı doğru muydu acaba? Çünkü o benim yaptığımı yapmıyordu. Üzüldüğünü belli etmiyor, bu büyük sarsıntısını başka birine yükleyerek onu da sarsmıyor, hayatına, lüks yaşantısına kaldığı yerden devam ediyordu. Hem şaşırıyordum hem de inanamıyordum. İnsanın, kendine benzemeyen biriyle arkadaş olmayacağını okumuştum bir yerde; işte bu yaşadığım, o tezi çürütüyordu. Çünkü bana bambaşka bir bakış açısı kazandırıyordu, hem de farkında olmadan... Bir gün, konuşmamızın arasında "Arda, hayatta isteklerin ve arzuların hep yüksek olsun. En yükseğe koy hedeflerini. O zaman mutlaka ya en tepede olursun ya da ona en yakın yerlerde..." dedi. Haklıydı. O, hiçbir zaman kendini alçaklarda görmüyordu. Hayatı darmaduman olduğunda bile... O sözlerini asla unutmadım ve hafızama kazıdım. Bu arada hayatına hep zengin insanları çekmeye devam ediyor, zengin arkadaşlar ediniyor, en kaliteli yerlerde oturmaya devam ediyor, hayatını kaldığı yerden, hiçbir şey olmamış gibi sürdürüyordu. Ama asla kibirli biri değildi; maddi durumu kötü biriyle de ahbap olur, onunla da muhabbet eder, takılabilirdi. Bunu bilerek yapmıyordu. Sadece zenginliğe, lükse, kaliteye "hazırdı." Hem ruhsal olarak hazırdı, hem bilinçaltı olarak hem de kalben.

Başka bir arkadaşım ise çok hoş, alımlı, güzel giyinen, çevresi geniş, ortama girdiğinde bakılan o cici kızlardan biriydi. Hoş dudakları, bakımlı saçları, baktığında denizi anımsatan masmavi gözleri vardı. İnsanlarla tanıştığında, onun için "Biraz soğuk sanki" deniyordu. Mesafeli bir duruşu vardı. Sıcakkanlı olmaya çalıştığında ise pek başaramıyordu. Sonradan, insanlarla kaynaşınca "Seni bu kadar yakından tanımasaydım, senin için çok soğuk biri derdim," cümlelerini işitiyordu. Üzülüyordu içten içe böyle olmaktan, kendine kızıyordu, arada ailesini bile suçluyordu ama hakkında söylenenlerde doğruluk payı vardı... Ne yaparsa yapsın, hemen kaynaşamıyor, canayakın biri olamıyordu. "Kötü" bir şey miydi bu? Kötüyse kime göre, neye göre, bilemiyordu. Ve çoğu erkeğe de cezbedici geliyordu bu özelliği. Çünkü bazı erkekler de gizli, esrarengiz, karakutu gibi olan tipleri seviyordu. Ama maalesef yaşının 25, çevresinin geniş, giyiminin ve duruşunun kaliteli olmasına rağmen daha bir tane bile sevgilisi olmamıştı. Her şeyi tamdı ama olmuyordu. Neden, diye düşünüyordu hep. Anlayamıyordu. Yaklaşamıyordu. Yaklaşılamıyordu... İstiyordu, dillendiriyordu. Neden olmuyordu? Neden çevresindeki, ondan daha çirkin kızların yakışıklı, kaslı sevgilileri olurken o yalnızdı? Neden tüm arkadaşlarını sevgilileri evlerine bırakırken, o kendi başına evine dönmek zorunda kalıyordu? Çözemiyordu. Ama hazır olmadığını hissediyordu içten içe...

Hem ruhsal olarak hazır değildi, hem bilinçaltı olarak hem de kalben.

Şimdi... Verdiğim iki örneği düşünün... İlk bahsettiğim örnek, kaybettiği bir şeyi bile kaybetmemiş gibi yaşıyor. (Lüks yaşantısını kaybetti maddi açıdan zorlandığı için ama hiç kaybetmemiş gibi yaşamaya devam ediyor. Çünkü kaybettiğini kabullenmiyor bilinçaltı. Geçen gün bir kitapta okudum; "varlık bilincinde yaşamak" da deniyormuş buna sanırım.) Diğer örnekteki arkadaşımsa, istemesine rağmen bulamıyordu aradığı aşkı. Aşkı da geçtim, bir flörtü bile!

Demek ki neymiş?.. İnsanın istemesi yeterli değilmiş. İstediği şeye hazır olmak gerekliymiş. Eğer zenginlik istiyorsa, paraya lanet okumayı terk etmeli, fakirlik düşüncesini terk etmeli. Eğer mutluluk istiyorsa, mutsuzluğu terk etmeli, onu mutsuz eden insanları terk etmeli, şüphelerini terk etmeli. Eğer aşk istiyorsa, güvensizliklerini, korkularını, kalp kırıklıklarını terk etmeli...

Ve en önemlisi; "hazır" olmalı.

Çünkü sen neye hazırsan, o da sana hazır; seni bekliyor.

Üstelik, seni bekleyen şeyi seçmek de senin elinde.

İstersen aşk, istersen para, istersen mutluluk, istersen başarı...

İste. Dua et. Düşün. Dillendir.

Ve son olarak...

Hazır ol!

Özür Dilerim Ama...

Evet, hepimiz mutlu olmak istiyoruz. Evet, hepimiz kalbimizi yerinden oynatmayı, ritmini değiştirmeyi başaranın, bizi heyecanlandıranın peşindeyiz. Evet, düzgün insanlarla beraber olmak istiyoruz. Peki ya her ritmimizi değiştiren, bizi heyecanlandıran, kalbimizi yerinden oynatanın adı "mutluluk" değilse? Ya biz yanılıyorsak, mutlu olduğumuzu sandığımız şeylere sadece "bağımlıysak"? Ya gerçek mutluluğu daha hiç tatmamışsak? Ya mutsuzluklarımızla, mutluluklarımızı birbirine karıştırıyorsak?

Özür dilerim ama hepiniz yalan söylüyorsunuz. Hiçbiriniz iyi kalpli birini aramıyorsunuz. Arasanız da... Belki evlilik düşünürseniz arıyorsunuzdur! Yoksa hepiniz, nerede aldatan, nerede size yanlış yapan, nerede sizi üzen varsa onun peşinden gitme taraftarısınız. Üzülmeye bağımlısınız, insanlara değil. Sizi kim üzerse, onun tarafından mutlu edileceğinize dair saçmasapan inançların peşinden gidiyorsunuz. Özür dilerim ama hiçbiriniz düzgün birini istemiyorsunuz. Nerede sorunlu, psikolojisi bozuk biri varsa ona yöneliyorsunuz. Zamanınızı başkası uğruna harcarken, kendinizi unutuyorsunuz, kendi değerinizi. Başkalarını iyileştirmeye çalışırken –ki genelde bu sizin yapabileceğiniz bir şey değildir– siz hasta oluyorsunuz. Özür dilerim ama hepiniz kendinizi kandırıyorsunuz. Güzelliğin veya yakışıklılığın önemli olmadığını düşünüyorsunuz ama dış görünüşünden etkilenmediğiniz birinin içini merak etmiyorsunuz. Güzel veya yakışıklı olan birinin ise içini merak etmiyorsunuz, ne olursa olsun "kabul" ediyorsunuz. Kötü, çok kötü olsa bile. Lütfen dertlenip durmayın. Çünkü başınıza gelen her şeyi, siz istediğiniz için yaşıyorsunuz. O çocuğu veya o kızı, ne başkası zorla soktu hayatınıza ne de başka bir güç. Sizi üzen, sizden başkası değil.

Ben sıkıldım... Mutluluğumu, beni mutsuz eden insanlarda aramaktan vazgeçiyorum. Çünkü o yol karanlık... Bense aydınlık istiyorum.

İşte Bunlar Hep Hırs!

Arkadaşlarım da benim gibi konuşkan insanlar. Sanırım hayatımda çok sessiz ya da çok az konuşan, zorla konuşturduğum bir arkadaşım hiç yok. "İnsan, insanın aynasıdır" derler ya, bakın bu çok doğru hakikâten...

Bir gün yine, benim gibi hiç susmayan bir arkadaşımla sohbet ederken, laf arasında bana "Her şeyi istediğimizi zannediyoruz ama bazı şeyleri istemiyoruz, aslında sadece hırs yapıyoruz," dedi. İlk önce afalladım, anlamadım. "İstediğimizi zannediyoruz" da ne demekti? Devam etti, benim tam olarak anlayamadığımı anlayarak... "Mesela, ben Ahmet'i seviyorum ve onunla barışmak istiyorum ama bunu Ahmet'i sevdiğim için istemiyorum; insanlar ne olursa olsun bizim beraber olduğumuzu görsün, bizim beraber olmamızı istemeyen insanlar bizi gördüğünde uyuz olsun diye onunla barışmak istiyorum. Güç takıntısı bir nevi, yani sadece egomu beslemek istiyorum. Hırsımdan kaynaklanıyor, isteğimden değil... İstediğimi zannediyorum... İstemediğimin yeni yeni farkına varıyorum. Barışmıyoruz, çünkü benimki istemek değil, sadece hırs," dedi... O bana bunları söylerken, ben de kendi hayatımda neyi gerçekten istediğimi, neyi istediğimi zannederken aslında hırs yaptığımı düşündüm. Şu an bu satırları okurken, sizin de bunu yapmanızı istiyorum... Tüm hayatımda, neleri başardığımı, neleri başaramadığımı, neleri elde ettiğimi, neleri elde edemediğimi tarttım durdum kafamda... Film şeridi gibi geçti her şey gözümün önünden. Arkadaşım, o kadar önemli bir şeyden bahsetmişti ki aslında, bunu ne bir kitapta okumuştum, ne bir seminerde dinlemiştim. Çok hoşuma gitti. Onun sözünü hiç kesmeden devam etmesi için sessiz kaldım. "Arda, sen de hiçbir zaman başarıyı hırs yapmadın. Başkalarını ezmek için başarılı olmak istemedin. Kendin için istedin bunu... Hırs işin içine girmedi. Başkalarına gösteriş yapmak veya hava atmak için para kazanmadın. İyi ve kaliteli yaşamak için istedin. Güzel bir şey için istedin. Bu yüzden de dilediklerin oldu, hırslı değildin," dedi. O kadar haklıydı ki... Ne başarıyı kafama takıp büyütmüştüm ne de parayı başkalarını ezmek için istemiştim. Evet, başarılı olmayı istiyordum ama bunun içinde kötü bir niyet yoktu. Niyeti temiz olanın istedikleri kabul oluyordu sanırım... Yoksa hayatın sırrı bu kadar basit miydi?

Anlaşılan hırslı olmak, negatif bir durumdu çünkü içinde kötü bir şeyler barındırıyordu... O gün eve gittiğimde, başkalarının hayatlarını da düşündüm. İnsanlar neden sınanıyor, neden bazı istedikleri olmuyor diye düşündüm... İnsan, istediklerinin içine ne kadar çok hırs koyuyordu. Sonra da "olmadı istediğim" diyordu... Arkadaşım haklıydı. İnsanlar istediklerini zannettikleri şeyi, aslında hiç istemiyorlardı.

O gün anladım ki...

Sadece "gerçekten istersen" oluyordu istediklerin.

Hırs yaparsan hiçbiri gerçekleşmiyordu...

Çünkü aslında hiçbirini istemiyordun...

Aldatılmanın Sebebi Kendini Aldatmak!

Düşüncenin gücünün ne kadar önemli olduğunu artık bilmeyenimiz yok sanırım. Zaten kim düşüncenin gücüne inanmıyorsa, hepsinin hayatı düşüncenin gücüne inananlara kıyasla kötü, hatta çok kötü...

Şu sıralar okuduğum *Tanrılar Okulu** adlı kitapta, yazarın olumsuz düşünceleri ve şüpheleri var. Herkese karşı, her şeye karşı. Kendine bile! Bir gün karısı ölüyor ve Dreamer diye çok donanımlı ve bilgili bir karakter ona, "Karının ölümü, senin içsel ölümünden kaynaklanıyor," diyor. O kadar ilginç ki... Okurken ister istemez "Ölüm ve doğum asla değişmez" gibi cümleler geliyor insanın aklına ama şunu düşünmekten de kendimi alamıyorum: "Demek ki o kadını hayatına o adamın düşünceleri çekti..." Gerçekten her şey bir düşünce, bir enerji, bir frekans...

Bazı insanların aldatılmaktan da çok korktuğunu biliyorum. Korkunun kaynağında babalarının annelerini aldatması

---

* Stefano D'Anna, *Tanrılar Okulu*, Sinedre Yayınları.

yatıyor. Bazen de annelerinin, babalarını aldatması. İki sonuç doğuyor buradan: Ya anne babaları gibi olup onlar da sürekli aldatma eğiliminde oluyorlar ya da anne babaları gibi olmamaları gerektiğini öğreniyorlar... İkisinde de bir korku doğuyor küçük yaşlarda; aldatılma korkusu. Aldatanda da oluyor bu, aldatmayanda da. Tanıştığı her insana, sadece ikili ilişkilerde değil, arkadaşlık anlamında da hep bir korkuyla, bir güvensizlikle yaklaşıyor bu tür kişiler. Çünkü zihinlerinde geçmişte yaşadıkları kötü anıları hâlâ yaşatıyorlar ve bugünlerine taşıyorlar. Oysa geçmiş bitti, o günün güneşi karardı! Gece oldu, gece de sabaha kavuştu... Keşke kabullenebilseler... Sonunda da genelde çok korkmaktan, çok düşünmekten aldatılıyorlar...

Ama insan, aldatılmayı bile kendi kendine yaşıyor. Yani aldatacak insanı bulmak da çok önemli mesela, herkes aldatmıyor. Nasıl bir enerjiyse, gidip o aldatacak olanı buluyor. (Tabii ki onu bulacak, çünkü o herkesin aldattığına inanıyor!)

Yani... Sonuç olarak; insan geçmişinde yaşadıklarını bugününe taşımamalı. O günleri tekrar hatırlamamalı. Herkesi aynı kefeye koymamalı. Herkesi bir tutmamalı. İnsanların değiştiğini bilmeli. Düşüncelerin değişebileceğini kabul etmeli.

Biliyorum ki...

Hayatındaki insanlar değişir, eğer düşüncen değişirse.

Eğer düşüncen değişirse, aldatacak insanı da kendine çekmezsin.

Hayat Bana Güzel

Birçok insan, ne zaman bir başkasının "dertsiz" olduğunu sansa, ne zaman bir başkasının daha güzel yaşadığını hissetse, ona "Hayat sana güzel tabii," diyor. "Ben de senin gibi zengin/başarılı/güzel (mutlaka bu gibi bir sıfatı seçiyor kendine...) olsam bana da güzel olurdu," diye ekliyor sonra. Karşısındaki insanı "mutlu olmakla" suçluyor bildiğin, kendisini kötü hissetmesini istiyor. Toplumsal bir baskı değil de nedir bu?

Bu bakış açısı o kadar yanlış geliyor ki bana... Bir başkasını "güzel hayatıyla" veya o an yaşadığı güzel bir şeyden dolayı –örneğin para kazanması, bir başarı elde etmesi, güzel bir ilişkiye başlaması– küçümsemek ve onu "Yok canım, hayat neden bana güzel olsun, benim de bir sürü derdim var, şu an böyleyim sadece..." gibi cümlelerle kendini izah etmeye zorlamak... Ne kadar üzücü! Peki ne kadar doğru? Bir insan, güzel bir şey yaşadığı için kendini kötü hissediyor toplumumuzda. Rahat rahat mutlu bile olamıyoruz yani.

Hayat güzel tabii! Hayat herkese güzel olsun. Sana, bana, ona, sokaktakine, arabadakine, otobüstekine, çalışana, işsize... Her durumdakine güzel olsun hayat. Birini, hayatı bizimkinden kolay ve güzel diye küçümsemek niye? Birini, bir başarı elde edince, iyi seviyede bir hayat sürdüğünü görünce kıskanmak niye?

Biri bana ne zaman "Hayat sana güzel tabii" dediğinde doğrusu seviniyorum. "Evet" diyorum, "Valla doğru diyorsun, hayat bana güzel; inşallah hep de böyle güzel olur!" Kendimi kötü hissetmiyorum. Çünkü gerçekten güzel, şükrettiğim, her verdiğinde anlam aradığım, her güzelliğine teşekkür ettiğim bir hayatım ve bir yaratıcım var benim. Tabii ki bana güzel olacak. Onunla olan herkese güzeldir hayat... Neden olmasın?

Eskiden biri bana "Hayat sana güzel" dediğinde üzülüyordum, suçlu hissediyordum kendimi. "Onunkinden güzel sanırım, doğru söylüyor. Ona sadece şu an için böyle olduğunu, şu an için sevindiğimi mi söylesem? Onun da güzel bir hayatı hak ettiğini mi anlatsam? Bu gece onun hayatının da güzel olması için dua edeceğimi mi söylesem?" diye düşünüp duruyordum. Ne kadar yanlış düşünüyormuşum, nasıl da kuruntu yapıyormuşum.

Eğer siz de kendinizi böyle cümleler kuranlara karşı kötü veya mahcup hissediyorsanız, sakın hissetmeyin. Çünkü bu tamamen toplumsal baskı kaynaklı bir serzeniş. Size bu tarz cümlelerle yaklaşanlara "Yok canım, hayatımın neresi güzel..." gibi cevaplar verirseniz, hayatınızı o yönde kodlarsınız. Kötü bir hayata doğru... Yanlış bir kodlama yaptığınız için de hayatınız hiçbir zaman güzel olmaz. Bu "toplumsal baskı" yüzünden, sırf karşınızdaki kendini kötü hissetmesin diye, kendi enerjinizi aşağı çekersiniz...

Bırakın hayat sana güzel desinler! "Evet, güzel hayatım" deyin...

Bırakın, hayat gerçekten size güzel olsun...

Parayı Sever misiniz, Yoksa Ona Lanet mi Okursunuz?

İlk önce başlığa yazdığım soruyu cevaplamanızı isteyeceğim. Lütfen yazımı, cevabı verdikten sonra okuyun...

Hayatta her şeye karşı bir enerjimiz olduğunu düşünüyorum. Yani, şöyle... Eğer bir yerden başlamam gerekirse, ilk cümlem şu olabilir mesela: Her şeyin özü; sevmek. İnsanı sevmek, doğayı sevmek, yeşilliği sevmek, hayvanları sevmek, Allah'ı sevmek, kendini sevmek, aileni sevmek, arkadaşını sevmek, seni seveni, yediğin yemeği, gittiğin, bulunduğun yeri sevmek... Sevmediğimiz bir şeyin genelde hayatımızda olmaması için uğraşırız. Örneğin ben brokoliyi hiç sevmem ve bu yüzden onu evimde, mutfağımda bulundurmam. Ya da bir arkadaşım vardır, onu hiç sevmediğim için onunla görüşmem, buluşmak için çağırmam. Unuturum, o da beni unutur... Sevmem, o da beni sevmez... Aynı durumun "para" denilen şey için de geçerli olduğunu düşünüyorum. Nasıl arkadaşımıza karşı bir enerji geçişimiz varsa, paraya karşı da var.

Size bunu ailemden bir örnekle anlatayım. Benim dedem, eskiden çok zenginmiş. Annemler en güzel arabalarda en iyi şoförlerle gezer, en güzel giysileri en güzel butiklerden alırlarmış. Dedem, gazinolarda, ünlü insanlarla aynı masalarda oturur, en güzel giysileri giyer, en iyi arabalara binermiş. İstanbul'un eski zenginlerindenmiş. Annem, "Babam o zamanlarda bile, yani çok zenginken bile, paraya lanet eder, evde bela okurdu..." diye anlatıyor. Dedemin paraya bakışını daha iyi öğrenmek için anneme. "Çok zenginken bile, parayı sevmiyor muydu?" diye sordum. "Sevmiyordu, değer vermiyordu, gelip gideceğini düşünüyordu," dedi. Altını çiziyorum, siz de lütfen buraya dikkat edin: "Gelip gideceğini düşünmek..." Öyle güçlü ve farkında olmadan yapılan kuvvetli bir kodlama ki bu...

Dedem, seneler içerisinde paraya lanet okuya okuya, paraya değer vermeye vermeye, parayı savura savura bitirdi ve en sonunda da battı... Neyse ki 5 tane çocuğu olduğu için şanslı bir adam... Bugün bile paraya olan bakış açısı değişmedi, hatta daha da çok negatifleşti. Bugün yanına gittiğimde bir konu açıldığında laf arasında: "Ne geldiyse paradan geldi başımıza...", "Lanet olsun parayı icat edene..." gibi sözler söylüyor. Paraya değer vermek, onu sevmek, onun sizin hayatınızda durmasını sağlar. Sevmezseniz, lanet ederseniz, sizinle durmaz. Siz, size bela okuyan birinin yanında durur musunuz? Suçlandığınız bir yerde bulunmak ister misiniz?

Bir başka örnekse, eniştemin hikâyesi. Çok zengin zamanlarında bile, "Batıyoruz... Kesin batacağız" deyip duruyordu. Ve en sonunda gerçekten battı...

Paraya tapmak başka, paraya değer vermek başka! Lütfen yazdıklarımı paragöz olmakla karıştırmayın... Ben sadece parayı sevmenin, onun size gelmesi için çok kuvvetli bir şey olduğunu söylüyorum. Yaşadım, gözlemledim ve tecrübe ettim.

Sevin! Hayatı, içindekileri... Her şey bizim için!

Sevin!

Belki siz de bir gün çok zengin olabilir ve öyle "kalabilirsiniz!"

Koş, İçine Dön...

İnsanın içi koca bir dünya. Temeli sağlam hayalleri olduğu gibi, yıkık dökük geçmişleri de var. Enkaz altında kalıp tükenmiş umutları olduğu gibi, güneş gibi her gün yeniden doğan umutları da var... Hiç sarsılmayan yerleri olduğu gibi, beklenmedik fırtınalara, kötü sözlerde darmadağın olan tarafları da var...

Derdin içinde binlerce insan. İnsanın içinde binlerce dert var. Kolay değil yaşamak. Kolay desek de, öyle inanmak istesek de... Sınanıyoruz. Kimimiz "imtihan" diyor buna. Kimimiz "lanet olsun kaderime" diyor. Kimisi "kabul" diyor, O'ndan gelen her şey kabul... Kimisi "Allah nerede, hadi gösterin, bu kadar kötülüğe nasıl izin veriyor?" diyor. Bilmiyor ki insan; insanın aynası kendinden başkası değil. Bilmiyor ki biri zenginliğe sahipse, onun üzerinde fakirin hakkı var. Bilmiyor ki, kötülüğe izin veren Allah değil, insanlar... Fakir varsa, sebebi insan. Açlık varsa, sebebi insan. Kötülük varsa, buna izin veren hep aynı: İnsan...

Ve insan öyle bir varlık ki, içindeki dünyayı tanımıyor. Dışarı bakmaktan, kendi evrenine, içine dönemiyor. Dünyayı suçluyor, kendi dünyasını suçlamaktansa... İnsanı suçluyor, kendine dönmektense...

Sen de... Bil ki, içine dönmedikçe kurtulamayacaksın... Ve karşına çıkan her insanın, sana kurduğu her cümlenin bir mesaj olduğunu fark edemedikçe, iyileşemeyeceksin. Her kulak duymuyor ne yazık ki...

Bil ki, mutluluğu dışarıda, birinin sevgisinde aradıkça, mutlu olamayacaksın. Ve içine tam olarak dönemedikçe, sınanmaya devam edeceksin.

Bil ki, gözlerindeki perdeyi kaldırmadığında, sana öğretileni asla tam olarak göremeyeceksin. Her göz görmüyor ne yazık ki...

İçine dön. Aç kalbini, içine neler koyduğuna bak...

Bil ki başka kurtuluşun yok...

Yoksa aşka mı tutunanlardan mısın sen de? Peki soruyorum o zaman sana... Emin misin sana olan sevgisinin bitmeyeceğinden? Eminsen, nasıl eminsin? Yarın yaşayacağının garantisi yokken, bir başkasının sevgisine güvenmek? Delilik değil mi?

Parayla güç mü buluyorsun yoksa? Peki nereden eminsin, bir gün tükenmeyeceğine?

Dünyevi şeylere kanma. Onlara daldıkça, O'nu unutuyorsun...

Birini sev, sevme demiyorum. Çalış, paranı da kazan, çok

kazan. Ama sadece Allah'a güven, O'ndan emin ol. İstediğinin arkasında O'nun olduğunu unutma. Mesela patrondan bekleme paranı, Allah'tan bekle. Kalbini titretmesini, sevdiğinden bekleme, Allah'tan bekle. O "Ol" derse olur, biliyorsun... Dışarıda arama O'nu.

O zaten içinde, seninle. O'nu dışarıda aradıkça daha çok uzaklaşıyorsun. Belki O'ndan uzaklaştığın için, sevgilin elinden kayıp gitti...

Belki O'nu unuttuğun için, kesti rızkını senden...

Belki O'nun dışında her yerde huzur aradığın için, aldı huzurunu senden...

Belki O'nu unuttuğun için, her şeyin darmaduman şu an...

İçine dön. Hadi, koş.

Cevaplar içinde.

Hepsi zaten seninle...

Hedeflediğin Neyse, Ulaştığın O

Ulaştığın Her Neyse, Zaten Onu Hedeflemiştin...

İnsanları izliyorum daima. Nerede oturduklarından, ne kadar kazandıklarından, neleri hedeflediklerinden, nasıl hayaller kurduklarından, nasıl düşündüklerinden, başarıyı nasıl alkışladıklarından, garsonlara nasıl hitap ettiklerine kadar... Hatta gözlem yapmayı o kadar çok seviyorum ki, bazen bir kafede otururken, yan masadaki birine gidip; "Merhaba, nasılsınız? Bir şey soracağım size. Bugün, istediğiniz hayatı mı yaşıyorsunuz? Cevabınız evetse, yaşıyorsanız, ne âlâ, çok sevindim sizin adınıza. Eminim bugün yaşadığınız hayatı hayal etmiştiniz. Oo, cevabınız hayırsa, o hayatı yaşamıyorsanız, bilin ki bugün istediğinizi önceden hiç hayal etmemiştiniz, hatta o zamanlar istememiştiniz," demek geliyor içimden. Sonra onların düşünmesini istiyorum... Biraz karışık bir cümle oldu, ha? Durun biraz detaylı anlatayım size...

Anneme, küçükken nasıl hayalleri olduğunu sordum. Hani gece uyumadan önce yatakta tavanı izlerken, hani uyumadan önce ellerini açıp dua ederken, hani yıldızları sayarken kurulan hayaller...

"Ben küçükken hiç hayal kurmazdım, yapmazdım yani öyle şeyler. Sadece huzurlu olmak isterdim. Huzurlu bir yuvam olsun..."

"Nasıl yani ya, insanın hayalleri olmaz mı hiç?" diye şaşırıp kalmıştım. O da ben şaşırınca, şaşırdı. Benim hedeflerim, hayallerim onun çok hoşuna gidiyordu ama bir bakıma kendini geç kalmış da hissediyordu... Hayata geç kalmış, hayallerine, isteklerine geç kalmış... Ama ben ona hayal kurdurmayı öğrettim. İstemeyi, çok istemeyi öğrettim. Bunun kötü bir şey olmadığını öğrettim. Mutluluğu, güzelliği hak ettiğini öğrettim...

Artık bugün hayalleri var. En azından hayal kurarak uyuyor. 40'larından sonra öğrendi ama olsun; geç olsun, güç olmasın değil mi?

Şimdi başka birinden bahsedeceğim...

İstanbul'un en seçkin semtlerinden birinde, çok lüks, denizi boydan boya gören bir evde oturan ve iyi bir evliliği olan bir yakınıma, "Küçükken, şu an oturduğun evin hayalini hiç kurmuş muydun? Böyle bir evde oturmayı istemiş miydin?" diye sormuştum laf arasında, gizli gizli, kendimce hayatı çözmeye çalışırken. "Aa tabii ki..." demişti gülümseyerek. "Küçükken hep deniz gören bir evim olsun istemiştim... Hep onun hayalini kurmuştum." Gözlerinde, bu evi ne kadar çok istemiş olduğunu görür gibi olmuştum. Onun yerine sevinmiştim. Hayallerin gerçeğe dönüşeceğini gösteriyordu hayat bana... "Al işte" diyordu; "al sana somut örneği... İste, vereyim..." O gün bunu öğrenmiştim...

Bu iki örneği karşılaştırdığımdan beri, korkmuyorum geleceğimden...

Çünkü herkes hedeflediği şeyi yaşıyor.

Ve insanın ulaştığı her neyse, hedeflediği de o oluyor...

Film Gibi Hayat...

Kendini sevişine bağlı, bir başkasının seni sevişi. Sen kendini sevmeden, mümkün değil bir başkasının senin elini tutuşu.

Sen pişmanlıklar taşıdıkça omuzlarında, sen geçmişi koyunca bavuluna, sen bayıldığın filmi izlemekten sıkılmayıp başka filmler izlemeyi reddettikçe; mümkün değil birinin seni istemesi, seni sevmesi, seni izlemesi.

Biliyorum, kırdılar. Ama sor, hangi birimizi kırmadılar ki? Her birimizi. Parça parça. Didik didik. Paramparça...

Parça parça olduysak da aldık hepsini yerden, toparlamayı bildik. Çünkü bir başkasının sevgisinin "biz"i "ben" yapmadığını biliyorduk. Devam ettik sevmeye kendimizi.

Sen de sev kendini.

Omuzlarındaki pişmanlıklarını bırak yatağının kenarına bu gece, öyle uyu. Bavulunda taşıdığın geçmişi de at çöpe; her ne varsa içinde, yenisini alırsın. Yepyenisini. En güzellerinden. Alamazsan da belki o gelir sana, hediye gibi.

O filmi de çok severek izliyorsun biliyorum, bin kere izlesen de sıkılmıyorsun ama bil ki, yeni filmler giriyor vizyona. Yepyeni.

Onları izlersin.

"Bir daha açma o filmi."

Aşk Kötü Bir Şey Değil

Eğer günümüz aşkları soğuttuysa seni, bu yüzden sevgilin olmuyor olabilir. Birilerini gördükçe, aşktan soğuyor olabilirsin. Ama aşk etrafındakiler gibi değil aslında. Kendine yeni bir aşk yaratabilirsin, eşsiz, başkalarınınkine benzemeyen.

Eğer kendini yeterince sevmiyorsan, bir başkası da seni "yeterince" sevemez. Önce kendini sev. Çok sev. Kendini öyle çok sev ki, kendini "yarım kalmış" gibi hissetme. Çünkü yarım kalmışsan, kendini "tam" sevmiyorsundur ve o boşluğu doldurmalarını bekliyorsundur. Bil ki kim boşluğunu doldurursa doldursun, bir gün gittiğinde, yine yarım kalacaksın. Sevgiliyi boşluk doldurma olarak değil, mutluluk olarak gör.

Eğer aşk, anne baban yüzünden "kötü" bir şey olarak kazınmışsa beynine senin için, at kafandan; zihnine kazınmış tüm kötü sahneleri. Biliyorum kolay değil. Ama aşk da kötü bir şey değil... Emin ol.

Eğer geçmişindeki bir şey yüzünden, o şeyi sürekli yaşatıyorsan kendine; yapma bunu. Çünkü yaptığın kendine eziyetten başka bir şey değil. Aşk'ı kendine "kötü" bir şey olarak hatırlattıkça, uzak tutuyorsun onu kendinden.

Bu 3 neden var ya. İşte bu 3 neden, "neden" olabilir sevilmemene, "sevilememe"ne.

Yoksa ne çirkinsin ne de sevilmeyecek bir yanın var. (Dışarıdakileri görmüyor musun, senin "asla bakmam" diyeceğine körkütük âşık olanlar var!)

Sadece seni zehirleyen düşüncelerin var. Seni yalnızlaştıran. Kurtul.

Çünkü kurtulursan, O seni bulacak.

"Bunların Olacağını Biliyordun..."

Hayatta birçok şeyi "bilerek" yaşadığımızı düşünüyorum. Tabii bu düşüncem daha çok güzel şeyler için geçerli, kötü şeyler için değil. Ama bazı kötü düşünceleri de yine düşünerek kendimize çektiğimize ve o düşüncelerimizin daha sonra "hayatımız" olduğuna inanıyorum. Birinci aşamada, insan önce düşünüyor. İkinci aşamada düşündüğü şeyi dillendiriyor. Üçüncü aşamada dillendirdiği şeye dönüşüyor. Düşündüğü şey gerçekleştiğinde de onu biliyormuş gibi hissediyor, "bilme" psikolojisine geçiyor o isteği, dediği her neyse gerçekleştiği zaman. Örneğin 7-8 yaşlarımdayken hep ailemdekilere "Ünlü olacağım ben, göreceksiniz," derdim. "Aman be, ne saçmalıyor gene bu? Neyi varmış da ünlü olacakmış? Delirdi valla..." diye gülerdi herkes bana. O zaman ne bir yeteneğimin farkındaydım ne de bir çabam vardı herhangi bir şey için, ünlü olmak uğruna... Komikti yani, gerçekten gülmekte çok haklılardı. Onlar gülünce ben de gülerdim hatta ama kalbimin bir köşesinde söylediğim şeyin lafta kalmayacağını, hissederdim. Durum o kadar komikti ki kuzenim ve doğduğumdan beri yan yana büyüdüğüm Sena'ya zorla röportaj yaptırtır, eğlenirdim... O bana sorular sorar, ben de ünlüymüşüm gibi yanıtlar verirdim...

Daha sonra –seneler sonra– halk deyimiyle şansım yaver gitti (ki ben şansa değil, istemeye ve inanmaya inanırım, bilirsiniz ama burada bu deyim çok güzel durdu) ve Sena'yla yalandan yaptığımız röportajlar gerçek oldu. Bana birçok tanınmış ve tirajı yüksek olan dergiden röportaj teklifi geldi... Kendi çapımda bir üne kavuştum. Ve aslında şaşırmadım, çevrem de şaşırmadı. Çünkü biliyorduk... "Arda valla dedin dedin oldu, biz de sana gülüyorduk ne diyor bu diye, haksız çıkardın bizi..." dedi ailemdekiler...

Sonuç olarak... Herkesin hayatta istekleri, dilekleri, hayalleri, hedefleri, üzüntüleri, mutlulukları farklı. Ama neden ben o gün öyle bir şey dedim de, benimle büyüyen kuzenim öyle bir hayal kurmadı, benimkiler gibi dilekler dilemedi? Veya neden o da benim gibi cümleler kurmadı da, biz ona gülmedik? Çünkü isteyeceğin şey, aslında senin gerçeğin... Ve sen gerçeğini zaten biliyorsun...

Belki de bu bana olan şey, Allah'tan, O'na çok teslim olup güvenmekten de geliyor olabilir...

Başkasını Ne Kadar Alkışlıyorsun?

İlk önce dur, bir sor kendine... En çok "sen" olan kendine! Başkası bir başarı yakaladığında, ne kadar alkışlıyorsun onu? Gerçekten seviniyor musun, yoksa sevinmiş gibi mi yapıyorsun? Ne kadar dürüstsün kendine karşı?

Kimseye cevabı söylemek zorunda değilsin. Ama verdiğin cevap, aslında hayatını yönlendiren işaretlerden biri, bil bunu... Hatta bundan sonra hiç unutma.

Eğer başkasını alkışlarken samimiysen, hayatta yakalayacağın başarıların da gerçek ve samimi olur. Örnek vermem gerekirse, çevremde gözlemlediğim bazı insanlar televizyonda hiç tanımadıkları meşhur insanlar için "Bunu da kim meşhur etti ya? Kimleri çıkarıyorlar valla televizyona, delireceğim...", "Bu da ünlü oldu işte...", "Bu da paraları götürüyor memlekette, çalışmayı bırakacağım gerçekten!", "Ben ondan çok daha iyisini yaparım ama işte bizim halk bunları tepemize çıkarıyor! Bizde şans ne arar zaten..." gibi cümleler kuruyordu. Ve bu cümleleri kuran insanların hayatlarına baktığımda, gerçekten hepsi mutsuzdu. Ya kendileriyle ilgili problemleri vardı, ya para kazanmakla ya da evlilikleriyle... Televizyona çıkan insanların hayatlarından, neler yaşadıklarından bihaber şekilde onları acımasızca eleştiriyor, kendi egolarını tatmin ediyorlardı. Yalnız bir şey daha yapıyorlardı, fark etmeden... Kendi kısmetlerini, kendilerini bulacak güzel şeyleri, hatta mucizeleri... Kendilerinden uzaklaştırıyorlardı. Belki tam onları bulacak gibi olurken, bu yaptıkları yüzünden itiyorlardı kendilerine gelecek güzellikleri. Çünkü bir başkasına hasetlenmek, sana gelecek güzel şeylerin önüne engel koyuyor. O kadar çok örneğini gördüm ki... Artık benim için bilimsel tez gibi bir şey bu! Sır gerçekten, alkışlamayı bilmekte. Hayatta kim nasıl bir başarı elde ederse etsin, tebrik ediyorum ve gerçekten seviniyorum. Çünkü hepimiz bu dünyaya güzel şeyler yapmaya geldik bence. Güzel şeyler yapmayacaksak, güzel başarılar elde etmeyeceksek burada işimiz ne? Hele de birbirimizi alkışlamayacaksak? O zaman neden yaşıyoruz? Halbuki hepimiz birbirimize muhtacız...

Eğer başarıyla ilgili sürekli sorunlar yaşıyorsan, biraz etrafına nasıl davrandığına bak. Ne bileyim, bu kitabı okuduktan sonra, etrafında herhangi bir şeyi başarmış birine "Tebrik ediyorum valla seni, ne güzel işler başarıyorsun," de. Dilinle değil, kalbinle söyle bunu... Güzel olduğunu düşündüğün birine,

"Çok güzelsin" de! Şık kıyafeti olan birine, "Ne hoş olmuşsun" de! Sevindir birilerini, iyi hissettir, alkışla.

Mesela ben şimdi gidip anneme, beni senelerdir en zor koşulda bile en güzel şekilde yetiştirmeye çalıştığı için teşekkür edeceğim... Durup dururken yapacağım bunu... İçimden gelerek...

Kalben. Kalbimin en derinlerinden...

Kendini Buldun mu?

Çok fazla şeyin etkisi altında kaldığımızı düşünüyorum. Televizyonda severek izlediğimiz dizilerin, radyoda ezbere söylediğimiz şarkıların, her ay takip ettiğimiz dergilerin, gittiğimiz okulların, tanıştığımız öğretmenlerin hayat görüşlerinin, annemizin, babamızın, akrabalarımızın, sevdiğimiz arkadaşlarımızın, aşklarımızın, hatta sevmediğimiz insanların bile etkisindeyiz... Arabada yolculuk sırasında radyoda duyduğumuz bir reklam metninin bile bizim kim olduğumuzu belirlemesinde büyük bir önem taşıdığını düşünüyorum. Çünkü insanoğlu etkiye açık. Bir şeylerin peşinden gidip ona inanmaya çok açık... Yani eskilerden beri böyleymiş sanırım. Hep bir inanma ihtiyacı, hep bir kimlik arayışı.

Ama ben, babam gibi olmak istemiyorum. Annem gibi de olmak istemiyorum. Televizyonda severek izlediğim, bize "idol" olarak lanse edilen insanlara da benzemek istemiyorum. Ezbere bildiğim ve bana dayatılan eğitime göre kişilik kazanmak, karakter oluşturmak da istemiyorum. Ben, kendimi keşfettikten sonra "ben" olmak istiyorum. Çünkü belki içimden belki öyle bir "ben" çıkacak ki, her şeyden farklı ve her şeyden güzel olacak... Ve eminim ki içimizde, o kadar çok birbirinden farklı "ben"ler var ki... Keşfetmediğimiz, keşfetmek istemediğimiz...

Birinin sırf dış görünüşüm yüzünden benimle beraber olmasını da istemiyorum mesela. Ve bu isteğimi, ne bir kitaptan okuyup öğrendim ne de bir film karakterinden duydum. (Belki vardır ama ben bilmiyorum...) Bu kendimi ararken bulduğum bir özelliğim. İstemiyorum birinin göz zevkini doyurmayı. Hayatta tabii ki her şeyi, göz zevkimize göre arıyoruz, bunun da farkındayım ve ben de göz zevkimi doyurmak için bir şeyler yapıyorum. Evimizi bile ona göre dekore ediyoruz mesela, arabamızı ona göre alıyoruz ama her şey eskiyor. Hepimiz eskiyeceğiz işte, sonsuz olmadığımı biliyorum...

Bir gün eve dönmeden bir şeyler almak için markete girdim. Çıkışta, 65-70 yaşlarında bir adamı ellerinde üç dört poşet tutarken görünce içimden "Arda işte hayat eminim seni de bu yaşa getirecek ve bil ki göz açıp kapayana kadar olacak bu, hiç öyle uzun sürmeyecek..." dedim. Sonra, yardım etmek geldi içimden; "Yardım etmemi ister misiniz?" diye sordum adını bilmediğim ama bir gün dönüşeceğimi çok iyi bildiğim yaşlı beyefendiye. O da "Yok evladım gerek yok çok sağ olasın... Çok incesin," diyerek yanıt verdi.

Onun duruşu bile bir şey kattı bana... Belki de oradan çıktı bu, "göz zevki doyurmama" kararım... Belki o adam sayesinde döküldü kâğıda bu satırlarım... Artık başka şeylerin peşinden koşma kararım...

Babam iğrenç biriyse, ben öyle olmamalıyım.

Arkadaşım aldatıldığında "Kesin ben de aldatılacağım, kimseye güvenmemeliyim," diye düşünmemeliyim...

Annem güvenemiyor, demek ki erkekler güvenilmez diye kurmamalıyım kafamda...

Babam kadınlara lanet okuduğunda, kadınlardan nefret etmemeliyim.

Göz zevki için her şeyi yapabilecek, aklı aklıma uymayan, yüreğinde yüreğimi bulamadığım birini yanımda taşımamalıyım...

Çünkü bir aklım var...

Ve aklımın çalıştığı kadar güzel gidecek bir hayatım...

Hayat Bir Sınavsa

Bu Sınavdan Nasıl Geçeriz?

Yaklaşık beş altı sene boyunca bir şeyi kafama takıp durdum. Onca yıl muhtemelen bir sınavdaydım. Sürekli vermeye çalıştım, o sınavdan geçmeye çalıştım ama yapamadım... O sınav gittiğim her yere benimle birlikte geliyordu sanki... Kaçamıyordum. Kaçılamıyordu da... En sonunda, NLP kursuna gittiğim Aşkım Hoca'nın da dediği gibi, en korkulan şey oldu, "Bela" beni buluverdi...

Tabii siz bilmiyor olabilirsiniz, Aşkım Hoca'nın bana öğrettiği en güzel şeylerden biriydi bu... Aşkım Hoca'nın anlattığına göre hayatta bazen, başımıza birtakım olaylar gelir. Bunu ilk önce "İz" olarak yollar hayat... Örneğin, sevdiğiniz birinde gördüğünüz, sizi rahatsız eden bir özelliği fark etmeniz... Bu "İz"dir; hayatın size gönderdiği bir izdir. Daha sonra, bu özelliğiyle ilgili bir olay yaşarsınız... Çok net bir şekilde yaşanır bu olay, dolayısıyla her şeyiyle anlar ve idrak edersiniz... Bu da "İşaret" olur... İzi ve işareti gördüğünüzde, daha doğrusu görmenin ötesine geçip "fark ettiğinizde" onlardan kaçmanız gerekir... Ama izi ve işareti göremez, anlayamazsanız... Hayat başınıza bu iz ve işareti takip etmediğiniz ve anlayamadığınız için "Bela" yollar. Bu belada da muhtemelen en kötü şeyi yaşarsınız... Darmadağın olursunuz, hayatınız başınıza yıkılmış gibi hissedersiniz... Yani hiçbir şey bir anda olmaz, aşamaları vardır diyor bu öğreti... Ve bence çok doğru...

İşte ama ben, ne o izi görebiliyordum ne de işareti... Daha sonra canıma tak ettiren bir olay yaşadım. Beni geceleri uyutmayan... Ve sonrasında, bir mucize gibi, hayat en sonunda beni biriyle karşılaştırdı ve o kişi açtı gözlerimi, değiştirdi beni... Değiştiğim için de kurtulmuştum o sınavımdan... Artık o olayla ilgili hiçbir şey yaşamıyorum... Ama bugün, hayatın bana bela yollamasını beklemiyorum; bir iz gördüğümde onu anlamaya çalışıyor, belayı engellemeye çalışıyorum...

Başka bir örnek daha verebilirim; insanların hakkımda ne dediğini kafaya takan biriydim eskiden. Küçükken anneme; "Anne Tarkan mı daha yakışıklı sence, yoksa ben mi?" demişliğim bile vardı... Annem anlattığımda hâlâ güler... (Çünkü ben onu dediğim günü dün gibi hatırlıyorum.) O kadar çok kafama takıyordum ki, böyle mesela durup dururken aklıma geliyordu birinin hakkımda kurduğu kötü bir cümle veya beni sevmemesi... Yemek yerken, bir yerde arkadaşımla gülerken, banyo yaparken... "O şöyle demişti..." veya "O seni sevmiyor..." diye...

Daha sonra... Tabii olgunlaşmamın etkisi var ama kendimi de eğiterek, bu özelliğimi değiştirdim. Mesela bana soracak olursanız, bu da bir sınavdı benim için, vermem gereken...

Sanırım insanın sınavı, ilk olarak neyle sınandığını görmekle, daha sonra da sınandığı şeyi yenmesi gerektiğini öğrenerek oluyor...

Affet... Bu Hayatın Bir İşareti...

Aşkım Hoca'yla (Aşkım Kapışmak) tanıştıktan sonra, kendisi beni NLP kursuna davet etti. Böyle şeylere çok ilgili ve meraklı olduğum için seve seve gittim. Çok da iyi geldi bana bu arada, tavsiye ederim...

Bir gün, her cumartesi gittiğim NLP kurslarından birine giderken, sabahın 8'inde, içimden "Allah'ım n'olur bugün bir işaret yolla bana... Bir şey olsun..." diye dua ettim. Bunu çok yapmam çünkü her zaman gerçekten kalpten söyleyemezsiniz bazı şeyleri. Söyleseniz de boşa gider, "Bak olmadı" dersiniz. Ben ne zaman hissedersem o zaman söylerim bu sihirli, büyülü cümleyi...

O gün de böyle deyiverdim içimden, belki de Allah dedirtti, neden olmasın? Çünkü bilirsiniz, "O dilemedikçe, siz dileyemezsiniz."

Neyse, ben kursun yapıldığı yere vardım. O gün, Aşkım Hoca'yı gelmesi için beklediğimiz sınıfta yine toplandık. Aşkım Hoca "Bugünkü konumuz 'affetmek' diyerek başladı konuşmasına. O konuşurken affetmekle alakalı neler bildiğimi sorguladım. Ben düşüncelere dalmışken, "Hayatınızda affetmediğiniz insanlar var mı? Varsa söyleyin bakalım, kimleri affedemiyorsunuz?" diye bize sorular sormaya başladı. Aklıma bir kişi gelmişti. Hep aynı kişi gelirdi zaten. Çok sevdiğim, çok kırıldığım, çok kızdığım biri... İçimden onun adını söyledim ama yüksek sesle söylemeye cesaretim yoktu henüz. Bir yandan "İnşallah bana sıra gelmez de anlatmak zorunda kalmam," diyordum; bir yandan da "Anlat gitsin n'olacak be Arda, millet neler yaşıyor, içinde tutup, içine gömme," diyordum.

Sınıftakiler ardı ardına söyledi affedemedikleri kişilerin isimlerini. Kimisi arkadaşını affedemiyordu, kimisi eşini affedemiyordu, kimisi anneannesini, kimisi kendisini... "Ah kendini affetmek, sanırım en zoru!" diye geçirdim içimden. Bense suskun kaldım, söylemedim... Aşkım Hoca'yı dinlemeye devam ettim. Hayatım film şeridi gibi gözümün önünden geçerken, Aşkım Hoca "O zaman hadi birisi gelsin buraya, onunla herkesin önünde affetme terapisi yapacağız, kim gelmek ister?" dedi. İçimden "Kalksam ne olur? Bu fırsatı bir daha ne zaman bulurum ki?" dedim. Sınıfta sessizlik oldu, kimse böyle bir şeyi yapmaya cesaret edemiyordu. "Ben gelebilirim," dedim. Herkes dönüp bana baktı. Ayağa kalktım ve Aşkım Hoca'nın olduğu yere doğru yürüdüm. Hep duygularını paylaşan biriydim. Güçsüz gözüksem bile umurumda olmazdı. Hayatımı iyileştirmek, benim için başkalarına güçsüz görünmekten çok daha önemliydi. Onlar belki bir yerlerde dedikodu yaparken, kahvelerini yudumlayıp "Biliyor musun Arda bunları bunları yaşamış," diyeceklerdi. Sonra unutup başka bir konuya geçeceklerdi... Bense belki çok büyük bir şey yapacak, hayatımı düzeltecek, iyileştirecektim... "Yap gitsin Arda, ne kaybedersin?" diyerek geçtim Aşkım Hoca'nın oturmamı istediği yere...

Herkesin önünde bana affedemediğim insanı neden affedemediğimi, neler yaşadığımı ve hayatımda en etkilendiğim sahnenin ne olduğunu sordu. Yaşadığım, o en etkilendiğim sahneyi, beyazperdede film olarak izlediğimi hayal etmemi söyledi. Önce Arda'nın gözünden, sonra filme giden birinin gözünden, sonra bir makinistin gözünden, sonra da filme bilet satan birinin gözünden baktıracaktı beyazperdede film olan hayatıma, o etkilendiğim sahneye. En sonunda da filmin nasıl bittiğini, filmin konusunu ve bu filme gidip gitmeyeceğimi sordu. Bu yaptığı şey o kadar hoşuma gitti ki. Bir Arda oluyordum, bir filmi izleyen "Ahmet" diye biri, bir makinist, bir de bilet satıcısı. Bazen filmimdeki Arda'ya üzüldüm, bazen affedemediğim o insana kızdım... Ahmet olunca farklı, Arda olunca farklı, makinist olunca farklı cevaplar verdim... Ve mutlu sonla bitirdim filmimi... Terapi, bittikten sonra affedemediğim insana öyle değişik bir bakış açısı kazandırdı ki, hemen mesaj attım o yıllardır affedemediğim kişiye. Bakın, aynen böyle yazdım...

"Seni affediyorum. Çünkü senin gittiğin yollardan gitmedim. Seni affediyorum. Çünkü hiçbir zaman senin yaşadıklarını yaşamadım. Sen olmadım. Bu yüzden neyi ne için yaptığını tam bilemem. Ancak kendi gözümle bakabilirim sana... Sen de beni anlayamazsın çünkü sen de ben olmadın hiçbir zaman... Eminim beni üzerek ve isteyerek yapmadın bana yaptıklarını. Ve ben, aslına bakarsan, bana kattıkların için minnettarım sana. Seni seviyorum..." Gönderdim. Ve o kişi de çok geçmeden bana çok güzel bir mesaj attı. Hani "Hayatta her şey sevgiyle çözülür," derler ya, o sözün son derece doğru olduğunu anladım... Mesajdan sonra, omuzlarımdaki yükten kurtuldum. Sanki yeniden doğmuş gibiydim. Aşkım Hoca dersten sonra bana "Onu affedersen, aşk hayatında yolunda gider, iş hayatın da, sağlığın da... Emin ol, affetmek çok önemli. Biz bunu, affedemediği insan rahmetli olanlara bile yapıyoruz. Gidip, mezarında toprağı elletip onu affetmelerini söylüyoruz," dedi. O gün, unutamayacağım bir gün olarak kazındı hafızama... Belki o sabah öyle dua etmeseydim, öyle cesaretli olup, herkesin ortasında hayatımda beni en çok etkileyen şeyi ve affedemediğim insanı anlatamazdım... Affetmek o kadar önemliymiş ki meğer... Bu yüzdenmiş bazen içimizin darlanması, durup dururken mutsuz hissedişimiz, yediğimiz yemeklerden bazen zevk alamayışımız, insanlara kolay güvenemeyişimiz, enerjimizin düşmesi... Ve kiminin affetmesi gereken kişi kendisi, kiminin affetmesi gereken kişi ise karşısındaki oluyormuş. Biliyorum, senin de şu an bu satırları okurken aklına gelen kişi kötü şeyler yaşattı, yıprattı seni... Bilirim konuşsan da anlamayacak, düzelmeyecek, değişmeyecek. Emin ol, sorun onun anlaması değil. Düzelmesi de değil. Benim affettiğim insan da düzelmedi, değişmedi hatta... Hâlâ aynı. Ama ben değiştim, ben düzeldim... Yani önemli olan senin kurtulman. Bunu karşındaki insana küçük düşeceksin diye yapmamazlık etme, egonu besleme. Yapacaksan, kendin için yap.

Hadi dene, tam da şimdi kalbinden affet onu, sana yaptıklarını. "Onun da kendince haklı yanları vardır," de, "Ben onun gittiği yollardan gitmedim," de. "Affediyorum..." de

Affet gitsin,

Affet, bitsin...

İç Sesin Ne Diyor? Sadece Onu Dinle!

İnsanların bizim üzerimizde bıraktığı ilk izlenim çok önemli. O izlenim her neyse onun peşinden gitmemiz gerektiğini düşünüyorum. Bazıları buna "enerji geçişi" diyor, bazıları ısınmak diyor, bazıları kötü enerjileri "itici" diye tanımlıyor. Örneğin ben bazı insanlarla tanışır tanışmaz kaynaşıyorum. Öyle bir kaynaşma ki bu, tüm hayatımı yeni tanıştığım birine bir anda anlatıverirken buluyorum kendimi. Susturamıyorum kendimi, böyle kötü bir özelliğim var... "Gerçekten seni 10 yıldır tanıyor gibiyim, çok sevdim," diyorum sonra da. Bazıları içinse "Tam sevemedim, nedenini bilmiyorum," diyorum. Sahiden de bazen nedenini bilmiyorum, bir sebep söyleyemiyorum. İçime sinmiyor, enerjisi bana temiz gelmiyor. Ve sonradan düşününce, "Bilmiyorum" dediğim her insandan kötü bir şey çıkıyor. Yani kime ısınamazsam, o insanın birine zarar verdiğini, insanları kötü etkilediğini duyuyorum... Bu özelliğim yüzünden arkadaşlarım bazen "İçine sindi mi bu kız/çocuk?" diye bile bana sorar oldu! Ve kim içime sinmezse gerçekten hepsi o içime sinmeyenlerden zarar gördüler. Bazı insanlar yaşayıp görme taraftarı ama ben iç sesimin çok kuvvetli olduğunu düşünüyorum. Düzelteyim; "iç sesimizin"! Hepimizin yani! Bence bu bize bahşedilmiş çok güzel bir özellik ve kesinlikle boşuna değil. Mesela ben ne zaman bir projeye dahil olacak olsam "En içime sinen zamanda" olmasını isterim. O zamanı beklerim. Ailem bazen "Neden istemiyorsun böyle güzel bir teklifi anlamıyorum" diyor. Bazen arkadaşlarımın "Gerçekten inanamıyorum sana, salaksın böyle bir fırsatı çevirdiğin için" dedikleri bile oluyor. Ama ben içime sinmeyen her insanın ve her olayın iyi gitmeyeceğini biliyorum. O "Olmayacak" enerjisini içimde hissedebiliyorum. Bilmiyorum size anlatabildim mi gerçekten sözcüklere dökmekte biraz zorlandım ama bu kitap çıkarırken de öyle, bir yazı yazarken de, tatile giderken de, bir kitap, bir giysi alırken de. Çünkü sadece bir şeyler içimize sindiği zaman, kalbimize de iyi gelir. Ben ne zaman içime sinmeyen bir şey yapsam, o şey her zaman kötü oldu. Aynı şekilde içime sinmeyen hangi insanı hayatıma alsam, hep zarar gördüm.

Sen de içine sinmeyen bir insanın peşinde koşma.

Ve içine sinmeyen hiçbir yerde bir dakika bile durma...

Bırak ne derlerse desinler!

Ona Nasipse, Sana Neden Olmasın?

Hayatta istediğim şeylere, başkalarının ne malında, ne mülkünde, ne statüsünde, ne mevkiinde, ne aşkında, ne mutluluğunda gözüm olmadığı için ulaştığını düşünüyorum bazen. Çünkü herkes bu hayata, istediklerini başarmak, mutlu olmak için geliyor. İstediğim bir şeyi, örneğin bir arabayı diyelim, başkasında gördüğümde, "Allah'ım ne güzel, ona nasip etmişsin, inşallah bana da nasip edersin," diyorum. Ve hayatta gerçekten ne için böyle dediysem, hepsi teker teker gerçekleşti... Gelip beni buldu hepsi...

Hak etmediğine inandıkları ama aslında düşündükleri ve söyledikleri yüzünden hak ettikleri hayatları yaşayan çok insan var... Kimi zaman gerçekten "Herkes hak ettiği gibi yaşıyor" cümlesine inanıyorum...

İnsanlar başkalarının sahip olduğu güzel şeylere öyle kötü gözle bakıyorlar ki... Bazen insanların başkalarının sahip olduğu şeylerle ilgili yaptıkları yorumlara çok şaşırıyorum. Hatta ağzım açık dinliyorum diyebilirim...

Hiçbirimiz birbirimizden farklı değiliz ki aslında. Bir bakıma hepimiz aynıyız. "Mutluluk" peşindeyiz bir kere hepimiz, böyle çok önemli bir ortak noktamız var... Kimimiz mutluluğu mülk edinmekle, kimimiz şöhret edinmekle, kimimiz huzurlu olmakta, kimimiz başarılı olmakta, kimimiz aşkta arıyor... Ama temelde hepimizin hedeflediği aynı: Mutlu olmak! Mutlu uyumak, mutlu uyanmak... Mutlu bir gün geçirmek! O halde başkasının mutluluğu neden beni rahatsız etsin? Sizin mutluluğunuz başkasını rahatsız etse mutlu olur musunuz? Hiç sanmıyorum...

Bu yüzden, isteklerinize ulaşmanızın bir yolunun da "Ona nasip ettiyse, Allah o kuluna vermişse, bana niye vermesin? Bana da nasip eder Allah," demekten geçtiğini unutmayın...

Ah, Hayatın "Bazı Çocuklar"a Yaşattıkları...

Bazı çocuklar, hayatları boyunca yalnızca "bir" kişinin sevgisini arar. Adını koyamadıkları, küçükken değil ama büyüyünce, hayatlarına giren birileri kalplerini titretince ve o kişiden kopamadıklarını gördükçe anlayacakları iç boşluklarının adı ya "baba sevgisi"dir ya da "anne sevgisi."

Ama bunu öğrenene kadar çok fazla aşk yaşar, çok fazla bedende seyahat eder, çok fazla sorgular, çok fazla gurursuz şekilde hareket eder, çok fazla "Neden böyleyim ben?" diye düşünür, kendilerini yanlarındakileden çok fazla farklı ve dışlanmış hisseder, çok fazla yara alırlar. Artık hangisi bencilliği ve narsisistliğiyle terk etmişse çocuğu, çocuk da onun sevgisini arar. Çünkü ilk kalp kırıklığıdır o boşluk, ilk aşk acısıdır çocuğun. İleride başka insanlar da acıtacaktır kalbini ama bir daha bu terk ediş kadar yıkmayacaktır, yıkamayacaktır. Çünkü "Ben neleri atlattım!" özgüveni kazandıracaktır ona bu yaşadığı.

İlk boşluğu fark ettiğinde içi acıyacak, uzun uzun dalmalar yaşayacak ama sonunda o boşlukta yaşamaya alışacaktır. Daha sonra, bu alışmanın aslında bir tür "mecbur kalma" olduğunu anlayacak ama yine de çok üzmemeye çalışacaktır kendini. Başka çaresi olmadığını kabullenecek, çaresizliğin işe yaramayacağını kalbine kazıyacaktır. Küçük yaşta bunu öğreniyor olmak onu bir yandan mutlu edecek, kendini yaşıtlarından üstün görmesini sağlayacak, bir yandan küçük yaşta büyük imtihanlardan geçtiğini düşünürken kendini kötü hissedecek, arafta kalacaktır.

Ve bu çocuklar, çok kolay kanar, hemen sever, âşık olurlar. Çünkü açlardır; sevgiye, huzura, paraya, mutluluğa, dürüstlüğe, sadakate. Ve bu çocukların gözleri derin bakar. Onlar cümleleri daha farklı kurar. Hayatı farklı yaşarlar. Kolay da sinirlenirler biraz. Kolay mıdır yaşadıkları, küçücük kalplerinde yıllarca yaşamak zorunda kaldıkları? Kızgınlardır hayata. (Ah, bu hayatın, günahsız benliklerine yaşattıklarına!) İstedikleri her ne ise, çok isterler. Beklentileri genel insanların beklentisinden çoktur. Çünkü hayattan alacakları vardır. Hayatın onlara borçlu olduğunu bile düşünürler içten içe. Sevgi borcu. Mesela, senin biraz sevgini, ah o yanındakilerden daha çok ona göremediği "ilgiyi" gösterdiğini görsün, biraz kalbinde hissediversinler, âşık olurlar sana. Babası yapıp tutarlar elini, annesi yapıp ağlarlar omzunda. Babasını arıyorsa, gücüne âşık olur; annesini arıyorsa sevgine. Sevdiklerini terk etmezler de hiç. Terk etmeyi bilmezler ki. Terk edilmeyi sevmedikleri için terk etmiyor da olabilirler. Ama bir gerçek var ki; onlar terk edilmenin ne demek olduğunu çok iyi bilirler... Örneğin biri onları terk etmeden önce hissederler bunu. Hangi cümleyle, nasıl gideceklerini, yüzlerine nasıl, hangi yalanları sıralayacaklarını bilirler. "Çünkü..." ile başlayan cümleler arkalarında hep bir bahane saklar mesela. "Çünkü gitmek zorundayım..."

"Ama..." ile başlayan cümleler yarım yamalak, söylenmiş olmak için söylenmiştir mesela. "Ama ben seni hep sevdim..."

Anne ve babalarının sevgisizliği, hiçbir şey öğrenmek istemeyen öğrenciye zorla bir şeyler öğretmek gibidir. Çocuk bu yüzden mecburen bu öğretileri kabul eder ve ona göre yetişir.

Bu yüzden anne ve baba bazen armağandır çocuklara, bazen de bir nevi ceza.

Güç Peşinde Bedenler

Kimisi tüm ömrünü, *aşk* yaşamaya, tenden tene dolaşmaya, bedenlerde yaşanılan mutluluklara adıyor; kimisi tüm ömrünü, bolluk bereket içinde, gayrimenkuller almak, Range Rover veya Audi arabalara binmek, Four Seasons'ta kalıp kaçamak yapmak, Milano'da Louis Vuitton mağazasına gidip etikete bakmadan alışveriş yapmak için paraya adıyor, kimisi zirvelerde en çok satan albümlerde, en çok satan kitaplarda, en çok izlenen dizilerde olmak, gazetelerin ilk sayfalarında, başlıklarda adını görmek, insanların merak ettiği, takip ettiği, görmek için çığlıklar attığı kişi olabilmek için "başarı"ya, "ün"e ve "statü"ye adıyor. Tüm benliğini, tüm yıllarını, tüm yaşantısını, tüm beynini. Tüm gücünü.

Ama hepsinin altında tek bir şey yatıyor bence: Güç bulma takıntısı. Kimisi, aşk yaşarken, yanındaki kadının kusursuz güzelliğini etrafına; "Bakın işte benim yanımda kadın olacaksa, böyle kadın olur," diyerek kanıtlama derdinde, kimisi erkeğin heybetli omuzlarının altında durup, onun sahip olduklarıyla böbürlenerek; "Bakın, benim sevdiğim erkek de böyle, inşallah Allah size de verir," diyerek gücünü elinde tutmanın ve o gücü tatmin etmenin derdinde. Kimisi de senelerce çalışıp, parasını biriktirdikten sonra, en pahalı mobilyaları yurtdışından getirtip, dekorasyonu için mimarlar tutarak milyarlar harcadığı, şehrin en gözde yerinde tuttuğu deniz manzaralı, yere kadar camları olan evinde arkadaşlarını ağırlayıp, onlara hiçbir şey demeden, "Murat da kendi evini kendi parasıyla almış valla helal olsun. Ne ara yükseldi bu çocuk bu kadar? Geçen gün gittik, bizi bir ağırladı var ya görmen lazım... Evini de Fransa'dan getirttiği bir mimara yaptırmış. Bize söylemedi ama en az 4-5 milyon dolar vardır oturduğu ev..." dedirtmenin, kendini konuşturarak kendi gücünü ispatlamanın derdinde...

İnsanın güç takıntısı, geçmişinde neler yaşadığıyla da alakalı tabii biraz. Ama aynı geçmiş yaşantıya sahip olsa da bazılarında tamamen farklı takıntılar olabiliyor. Örneğin baba sevgisinden yoksun birinde, erkek sevgisiyle böbürlenerek mutlu olma ve güç bulma takıntısı varken, başka baba sevgisinden yoksun birinde, statü ve mevkii takıntısı olabiliyor.

Ve insanı, fark edince en çok rahatlatan farkındalıklardan biri, kendi güç takıntısını bulması ve bunu yenerek hayatına devam etmesi... O zaman soruyorum... Sizin güç takıntınız ne?

Dertlerinizi Kilitlediniz mi?

İnsanlar, özellikle kadınlar, evden çıkmadan önce, taşıyamayacakları halde gün içinde yanlarında bulunması gerekli ne varsa çantalarına atıp çıkıyorlar. Günümüzde bu çantalarda şarj aletinden makyaj çantasına kadar her şey var. Özellikle ellerinde, ellerinde olmayınca ceplerinin arka tarafında veya çantalarının içinde gizlenen telefonlarının şarjları %1 olur da, haberlerini "yetiştirmeleri" gereken bir olay yaşanırsa, kimsesiz kalmasınlar diye, nereye sürüklenirlerse şarj aletleri de onlarla birlikte oraya sürükleniyor. Erkekler pek öyle değil, çoğunluğu sadece cüzdan taşıyor yanında. Bazıları spor çantası, o da spora gitmeleri gerekirse veya bir çanta, dışarıda başka bir evde kalmaları söz konusu olursa...

Her iki cins de evlerinden çıkıp anahtarlarıyla evlerinin kapılarını kilitlerken, çok mühim bir şey daha yapıyor, farkında olmadan, bilinçsizce... Ne kadar dertleri varsa, özellikle o eve ait, onları da kilitliyorlar evin içine. Cereyan yapmasın diye kapattıkları kapıların ardındaki odalara koyuyorlar o evdeki herhangi bir sıkıntıyı. Tozunu aldıkları masanın çekmecesine yerleştiriyorlar üzüntülerini. Mutsuzluklarını da o eve kilitliyorlar... Sıkı sıkı kontrol ediyorlar sonra kendilerini: "İyi kilitlemişler mi? Kimse açamaz değil mi?" diye. Bunu nereden anladım? Çünkü ben de yapıyorum...

"Neden iyi geliyor başka bir şehre, ülkeye gitmek?" diye düşünürken... Buldum işte cevabı. Mutsuzluklarını ve üzüntülerini evinin içine kilitleyince, başka bir evde o mutsuzluğu görmüyorsun... Tozu alınmayan mutsuzluk ortalıkta olmuyor...

O gün yine aynı şeyi yaptım. Evin kapısını sıkı sıkı kilitleyip, kontrol ettikten sonra attım kendimi dışarıya. Attığım her adımda, evde yaşadığım sorunlardan uzaklaşırcasına...

Bana "ayna görevi yapan" çok sevdiğim bir arkadaşımla buluştum. Kahveler içildi, tatlılar yendi, biraz havadan, biraz sudan, biraz kendi hayatlarımızdan konuştuktan sonra, tam "Başka bir yere mi geçsek?" diye düşünürken, telefonu çaldı. Telefonun öbür ucunda tanımadığım biri vardı. Bulunduğumuz yeri telefondaki arkadaşına bildirdikten sonra, "Aynen yakınımızdaymışsın, şansa bak! Tamam hadi gel bekliyoruz," diyerek kapadı telefonu. "Kim geliyor?" diye sordum hemen ben de. "Kerem ya, gey olan arkadaşım. Buralardaymış, 10 dakikalık mesafede, beni görmek istiyor, bizimle otursa senin için sorun olur mu? Umarım rahatsız olmazsın, sana da hiç sormadan çağırdım ama..." dedi. Herhangi bir ortamda, biri benim için böyle bir şey söylese ne kadar üzüleceğimi düşündüm. Sırf eşcinsel diye, insanların arasına rahat karışamamanın korkunçluğu gözümü korkuttu. "Evet, rahatsız olurum çağırmazsan sevinirim," diyen bir kişi olsaydım, gece uykumda rahat uyur muydum diye sorular dolaştı zihnimin arka koridorlarında.

Yarım saat geçti veya geçmedi, tam hatırlamıyorum, Kerem geldi... Üzerinde siyah ve yırtık bir t-shirt, altında da tayt vardı. Önce ortak arkadaşımıza sarılıp onu öptükten sonra beni; "Merhaba, Kerem ben, çok memnun oldum" diyerek, güleryüzlü ve ince bir ses tonuyla selamladı. Güler yüzünün, gözlerine yaptığı makyajın, dudaklarına sürdüğü rujun altında bir beklenti vardı. Onu olduğu gibi, kadınsı ve feminen şekilde kabul edip etmeyeceğimi görmek istiyordu. "Bir gülümseme, ne kadar çok insanı mutlu ediyor, biz farkında bile olmadan," diye düşündüm ve kocaman gülümseyip, onu ve aslında sadece onu değil, tüm insanları olduğu gibi kabul ettiğimi kanıtlamak istercesine, "Ben de çok memnun oldum, ben de Arda" diye karşılık verdim. Kerem, 27-28 yaşlarında gösteren, ince vücut yapısına sahip, mütevazı ve tabii ki feminen bir tipti. Hayatta her türlü yaşam tarzına, kişilik yapısına, dış görünüşe saygı duymayı karakterimin parçası haline getirmiş biri olarak, çok güzel zaman geçirdim onunla. Saatler ilerlerken bize yaşadıkları zorlukları, bu ülkede barınmanın, sokakta dolaşmanın bazen ne kadar da korkutucu olabileceğini anlattı. Sokakta yürürken atılan laflardan, arkadaşlarının onu korumak için 50 yaşındaki adamlarla kavga etmesine kadar her şeyi, "yardım istercesine" dile getirdi. Belki de ona acımamızı istiyordu. İnsan acıdığını daha çok sevip korumak ister ya, o misal...

Sonra konu ailesine geldi... Annesi babası Kerem küçük yaştayken ayrılmış, babası annesiyle oğlunu terk edip, Almanya'ya gitmişti. "Peki babanla görüşüyor musun? Yani Almanya'ya gidiyor musun hiç?" diye sorduğumda, "En son 7 sene önce falan gördüm babamı. Görüşmüyorum. O da görüşmek istemiyor zaten. Bir kere gitmek istedim, hatta bilet aldım. Gidecektim ama son anda bana 'Gelme, vazgeçtim. Beni İstanbul'da rezil ettiğin yeter. Bir de burada huzurumu bozma,' dedi, bu yüzden gidemedim," diye cevapladı.

Bir baba, bir erkek; her şeyi geçtim, bir "insan", evin direği, çocuğun sırtını yaslayabileceği duvarı, oğlunu arayıp sormuyor, görüşmek dahi istemiyordu. Şu an bir başkası bu hikâyeyi benimle beraber dinleseydi, kesin "Çok şükür eşcinsel değilim. Böyle de babam yok Allah'ıma bin şükür," diyecekti. Ve ben de ona "Başımıza gelecek acıları, örneğin bir babayı da seçebilsek keşke, o zaman başkalarının acıları üzerinden şükretmemize gerek kalmazdı," diyecektim... Bu düşünceler içinde, yine olduğum ortamdan kopar gibi olurken, tekrar doğruldum ve "Annen peki? Onunla aran nasıl?" diye sordum Kerem'e. "Annem desen, evet aynı evde yaşıyoruz ama maddi durumum iyi olsa, bir dakika durmam yanında, bavulumu aldığım gibi çeker giderim," diyerek sigarasını içine çekti. Annesine duyduğu öfkeyi de sigarayla beraber içine çekiyordu. "Neden, o da mı kabul etmiyor?" diye soruverdim. "Aynen, o da kabul etmiyor. Ben çocukluğumdan beri böyleyim. Barbie'lerle oynar, pembe kıyafetler giyerdim. Ama o hâlâ benim bu halimi kabullenmiyor; futbol oynamamı, pantolon giymemi, bir kızla cinsel ilişkiye girmemi, sakal uzatmamı istiyor. Genelde benden utanıyor, çoğu davete, insanlara tanıtmak zorunda kalmamak için beni çağırmıyor. Paramı biriktirip annemin hayatından da gideceğim," dedi.

Başkalarının acıları, çok daha ve ağır olduğunda, onlara oturup tavsiyeler vermek haddim değilmiş gibi gelir bana. Ne kadar anlayabilirim ki, acısı benden ağır, omuzlarında taşıdığı yükü benden çok olanı? Nasıl anlarım, geceleri rüyasında babasının bir gün onu olduğu gibi kabul ettiğini düşleyen bir çocuğu? İstesem de anlayamam. Belki empati yaparım ama tam olarak anlayamam...

O gün Kerem, evinin kapılarını kilitlememişti benim gibi. Dertlerini yastığın altına koyup, üstünü yorganla örtmemişti.

O gün anladım...

Kerem'in, acısını benim gibi kilitleyeceği bir evi bile yoktu...

İnsan istenmediğini bildiği bir yere dertlerini bırakıp gidemezdi ki...

Mecburen dertlerini yanında, en çok da kalbinde taşıyabilirdi...

Hayatı Okuyabilmek

Hayatın en kötü dönemi, insanın en çaresiz olduğu zamanlar, aslında hayatın en çok "okunması" gereken zamanlarıdır. Peki nedir hayatı okumak dediğimiz şey? Nedir karşına çıkan insanı okuyabilmek, yaşadığın olayı okuyabilmek, geçmişini okuyabilmek, kendini okuyabilmek?

Hayat, senin içinde olduğun bir kitaptır aslında. O kitabı ne kadar iyi okursan, o kadar çok şey öğrenirsin yazılandan, senin payına düşenlerden. Herkesin payına düşen farklıdır bu hayatta, bu kitaplarda. Öğrenmesi gereken farklıdır. Ama bir yerde birleşir tüm öğretiler, hepsinin amacı aynıdır: "İnsanı iyiye, iyiliğe ulaştırmak." Kimi en acı verici öğretilerle sınanır; hayatı okumayı zor kavradığından, zor öğrendiğinden. Kimi daha basit öğretilerle sınanır, hemen kavrayıp kolay öğrendiğinden... Kolay okuyup, kolay gördüğünden.

Hayatı anlamadan, okumadan yaşarsan; sıkılırsın hayattan. Bilmediğin bir dilde yazılmış bir kitabı okumak ne kadar zevk verirse, o kadar zevk verir hayat...

Hayatı tam okuyamadığımız, anlamlandıramadığımız o zor, o kötü dönemlerde karşımıza çeşit çeşit insan çıkar. Ne zaman Allah'a dua etsek, aslında Allah o insanın karşısına birilerini çıkarır. "Allah'ın vekili"dir bu... İş istersen işle alakalı birini, aşk istersen aşka ulaşmanı sağlayacak birini vekil yapar. Mutlaka yollar birini, sen hayatı ve içindekileri okumayı öğrendiğinde, O'nun sana kimi yolladığını da anlarsın, kimi vekil kıldığını da...

Bir hikâye vardır, bilen bilir aslında. Bir gün, bir gemici, denizin ortasında mahsur kalmış. Tek başına kurtulmanın çaresini bulamamış. Başlamış dua etmeye. Allah'a sürekli dua etmiş günlerce, gecelerce "Allah'ım gel kurtar beni! Eğer varsan, gel buraya!" diye.

Sonra da "Olmuyor, dua ediyorum ama olmuyor işte! Allah beni duymuyor," diye serzeniş etmiş. Orada başka bir gemiden ona el sallayan, bağırıp yardım etmek isteyen bir gemici varmış. Ama bizim gemici, ona yardım etmek isteyen gemiciyi görmüyormuş, illa Allah yanı başına gelsin istiyormuş... Hikâyenin sonunda da Allah; "Ben sana yardım etmek için birini gönderdim ama sen onu fark etmedin" demiş.

İşte hayat, hayatı okuyamayanlar için böyle... Yani O herkese yardım eder ama çok azı bunun farkındadır. Sen de, bir yardım istediğinde, karşına çıkan insanlara dikkat et. Çünkü hayatında olan insanlar değişir, çok sevdiğin gider, ama asıl ihtiyacın olan gelir bazen. En sevdiğin işi elinden alır ama "sana göre" olan, daha iyi olan iş gelir bazen ayağına...

Hayatı okumaya çalış bugünden itibaren...

Ve vekilleri takip etmeye...

Sevdiğimiz İnsanlar Neden Bizi Üzer?

Dünya üzerinde sevgiye ihtiyaç duymayan hiçbir canlı yoktur. Eskiler hep derler ya; "Sevgi her şeyi çözer" diye. O kadar doğru, o kadar değerli, o kadar uygulanması gereken bir cümle ki... Kısacık ama uzun uzun uygulanması gereken bir hayat kodu...

Bitki su verilmesine (bana soracak olursanız bu da bir sevgi gösterisidir bitki için), köpek başının okşanmasına ve insan da biri tarafından, başkası olmazsa kendi tarafından sevilmeye, ilgi görmeye ihtiyaç duyar. Kendimizi sevmek için cilt bakımları yaptırır, sivilcemiz çıktığında yüzümüze hemen bir şeyler sürer, aynaya bakınca kendimizi fit görebilmek için spora gider, "şık" olduğumuzu düşünebilmek ve hissedebilmek için kıyafetlere tonlarca para harcarız. Kendini sevmenin, iyi hissetmekten geçtiğine inanırız çoğumuz. Eğer bugün kendimizi iyi hissediyorsak, severiz kendimizi. Ama eğer kötü bir şey gelmişse başımıza, içimiz sıkılıyorsa, havanın kapalı oluşu geriyorsa bizi, olduğumuz bedenden bir süreliğine ayrılmak, başka birinin bedeninde ve ruhunda gezinip, biraz da orada yaşamak isteriz. Çoğu insan, kendimizi iyi hissetmek ve kendimizi sevmek amacıyla yaptıklarımızı başkaları için yaptığımızı düşünür. İşin gerçeği, sevdiğimiz birilerinin gözüne girmekten ziyade ilk önce kendi gözümüze güzel gözükmenin, orada parlamanın önemidir.

Daha sonra, özünde kendimizi sevmeye çalıştığımız, göz açıp kapayınca biteceğini unutarak yaşamaya çalıştığımız "koca ömürlerimizde", başkalarını sevmeye başlarız. Bazıları, başkalarını onlarda kendimizi gördüğümüz için sevdiğimizi düşünür; bazıları zıt kutupların birbirini çekeceğine ve karşılıklı sevginin öyle oluşacağına inanır. Bana soracak olursanız, ben her zaman sevdiğimiz insanların bize ayna görevi yaptığına inanmışımdır. Arkadaşın da öyle, sevgilinin de, sevdiğinin de...

Peki sevdiğimiz insanlar neden bizi üzer? Bir insan, onu çok seven, ona çok değer veren, sevdiği için hayatında olan herkesi karşısına alabilen birini üzmekten neden çekinmez?

Bunu bir örnekle daha anlaşılır hale getirelim mi? Bir kişi yaratın kendinize. Eğer bir erkekseniz, bu örnekle yaratacağınız sevdiğiniz kadına Ayşe deyin. Eğer kadınsanız, bu erkeğe Ahmet deyin. Ayşe çok güzel, çok tatlı; Ahmet de çok karizmatik ve çok yakışıklı olsun. Ve onun sizi çok sevdiğini, size çok değer verdiğini, sizin için her şeyi ve herkesi karşısına aldığını düşünün. Öyle bir sevmek ki, siz ne zaman onu görmek isterseniz yanınıza koşa koşa geliyor, kiminle görüşmesini istiyorsanız onunla görüşüyor, kiminle görüşmemesini istiyorsanız onu bir çırpıda hayatından çıkarıyor, bütün hayatını sizin isteklerinize ve onun için koyduğunuz kurallara göre yaşıyor... Bir robota dönüşüyor yani.

Eğer yanlış bir şey yapar, örneğin onu başka biriyle "aldatırsanız", sizi hemen affediyor; çok üzerinde durmuyor... Eğer onu çok üzerseniz, bunu size belli etmiyor ve sizi sevmekten bir an olsun vazgeçmiyor.

Kendinizi nasıl hissedersiniz? Karşınızdakiyle beraber olmak ister misiniz? Yoksa onu her görüşünüzde, yaptığınız hataları anımsayıp yaptığınız kötülüklerle mi yüzleşirsiniz?

Cevabı size bırakıyorum ama ben kesinlikle, her hatamı görmezden gelen, tüm yanlışlarım karşısında "Sorun değil" diyen biriyle olmak istemezdim. Ama maalesef günümüzde yaşanan çoğu ilişki, farkında olmadan bu verdiğim örnekteki gibi yaşanıyor. Bir taraf genelde hep yanlışlar ve hatalarla dolu tarzı sürdüren bir kişilik oluyor, diğer tarafsa onu yanlışları ve hatalarıyla sevmeye devam eden, muhtaç bir kişilik... Ve tabii ki bir süre sonra, hatalarla dolu olan kişilik istemiyor bu ilişkiyi, kendine kızmaya başlıyor. Onu seven insana; "Beni hak etmiyorsun, çünkü çok iyi bir insansın. Senin sevgini de ben hak etmiyorum," diyor. Aslında bir bakıma doğru söylüyor ama seven taraf anlamıyor bunu, anlamak istemiyor, saçma buluyor, yanlış buluyor... Bir insan sevdiğini neden üzer, terk eder diye sorularla kafayı yiyoruz! Bilin ki eğer size yapılan "her" hatayı affeder, size söylenen her yalanı söylenmemiş sayar, çok üzseler de üzdükleri taraflarınızı kendi kendinize iyileştirirseniz, onlar da sizi üzmekten çekinmezler. Nasıl olsa affedecek, unutacak ve iyileşeceksinizdir... Belki bir süreliğine onu elinizde tutabilirsiniz bu davranışınızla çünkü böyle biriyle olmak karşı tarafında bir süre hoşuna gider ama son evreye, o "kendine kızma ve suçluluk duyma" evresine geldiğinde, sizi görmek dahi onu mutsuz edecektir...

Ha bir de son olarak...

"Sizi kaybetmekten korkmayan her insan, sizi terk edcr..."

Seçtiğin Kader

Bütün bir kaderini insan belirleyemez belki ama neyin kaderi olacağını yaşarken, ağzından çıkan kelimelerle seçer...

Kurduğu cümlelerin henüz hayatında ne kadar etkinliği olduğundan bihaberdi. Çok kitap okumasına rağmen, okuduğu kitaplarda bahsetmiyorlardı, cümlelerin sihirli gücünden. Oysa ne çok tarihi kitap okumuştu. Nefret ede ede gittiği okulda da hiçbir kimya hocası bile kimyayı da bırak, hiçbir edebiyat hocası bahsetmemişti kelimelerin insan hayatındaki olağanüstü gücünden. Cahillik okumakla geçmiyordu işte, insan yazılmış tüm kitapları da okusa, hayat ona gıcık öğretmenler gibi, bilmediği bir yerden soru sorar, sınıfta bırakırdı onu.

Cahilliğinin esiriyken, istediği gibi insanları yorumluyordu. Bir gün, arkadaşlarıyla akşam yemeğine dışarı çıkmışlardı. Kaliteli bir yerdeydiler, Boğaz'da bir mekânda, herkesin elini kolunu sallayarak giremeyeceği bir yerde. Zaten kaliteli olmayan bir yere gitmez, kendini oraya layık bulmazdı. Önce atıştırmalıklar geldi sofraya, en güzel sunumlarla, birer birer. Sonra ana mönüye geçtiler. Yemeklerini yerlerken çok konuşmadılar, hem aç olduklarından hem de ağızlarında bir şeyler varken konuşmanın yakışık almayacağını bildiklerinden. Ne zaman ki yedikleri yemekler bitti, biriktirdikleri dedikoduları teker teker kustular. Yolun başında bir şarkıcının, daha çok şöhret için güçlü bir medya patronunun altına yattığını kusuyordu biri, biri aynı ortamlarda bulundukları bir kızın, çok sevdiği erkekten çocuk aldırdığını, biri de evli bir adamla ilişkisi olan yakın arkadaşlarının "iğrençliklerini" kusuyordu. Onlara inanamıyor, yaptıklarını yanlış, iğrenç, edepsiz ve kaltakça buluyorlardı. "Ben asla yapmam" diyerek böbürleniyor, bir taraftan da onlar gibi olmadıkları için kendileriyle gurur duyuyorlardı. Ayrıca kendilerinin de kadın olduğunu unutup, hep kadınların dedikodularını yapıyor, sürekli kadınları aşağılıyorlardı. Medya patronu beyefendiye de, arkadaşlarının çocuk aldırdığı erkeğe de, yakın arkadaşlarının sevdiği evli erkeğe de hiç toz kondurmuyor, onlar için bir şey demiyorlardı. Ama herhangi bir kadın aşağılanırsa medyada, eğer kadın haklarına dair herhangi bir şeyi okurlarsa bir haberde, bir gazetede hemen sinirlenir "Bu ülkede kadın hakları diye bir şey yok, kadınlar bir hiç," diye konuşur, kadın oldukları için isyan ederlerdi. İnsanın kendi yaptıklarına kör olması ne fena bir şey. Öyle rahat konuşuyorlardı ki. Konuşurken arada gülüyorlardı. Ama kahkaha atar gibi değil de, sinsice, şeytanca bir gülümsemeydi bu. Birbirlerinin bu şeytan görünüşlerini görmüyor, sanki çok iyi şeylerden bahsediyorlarmışçasına, dedikoduları peşi sıra anlatmaya devam ediyorlardı. O gece dedikodunun yanında iyi gittiğini düşündükleri orta şekerli kahvelerini içip, birbirlerinin fallarına bakarak, falları "İyi bir kalbe sahip olduğun için çok güzel bir hayat seni bekliyor," diyerek sonlandırdıktan sonra ayrıldılar. Onları hiç iyi bir hayatın beklemediğinden bihaber, evlerinin yolunu tuttular.

O gece o masada 3 kişilerdi.

O gece, o masada konuştuklarının kaderlerine dönüşeceklerinden habersiz 3 kişi.

2 sene sonra; birinin şöhret olmak için medya patronunun altına yattığını yayan kız, oyuncu olacak, yeni çıkacak filminin ilgi görmesi için bir yapımcının altına yatacaktı.

6 ay sonra; birinin çok sevdiği erkekten çocuk aldırdığını yayan kız, çok sevdiği sevgilisiyle evlilik yolundayken aldatıldığını öğrenecek, karnındaki bebekle ortada kalacaktı.

1 sene sonra; birinin evli bir adamla ilişkisi olduğunu yayan kız, evli bir adama tutulup onun metresi olacak ve bir otel odasının terasında tek başına intiharı düşünecekti.

İyi Gün Dostu mu Kötü Gün Dostu mu Daha Değerlidir?

Kötü gün dostuyla, iyi gün dostu tanışsalar, birbirlerini severler miydi acaba? Yoksa nefret mi ederler birbirlerinden?

İyi gün dostu kendini haklı çıkarmak için kötü gün dostuna; "Kötü günde yanında olmak kolay tabii, hem de benimkinin yanında en basit iş. Kötü günde insan bulmaktan kolay ne var bu dünyada? Sokaktaki biri bile gelir koşar imdadına, teselli eder. Sen hâlâ benden değerli san kendini ve kandırmaya devam et benliğini! Sen başkalarının acılarını paylaşarak kendi haline gizlice şükrederken ben başkalarının başarılarıyla övünebiliyorum. Onları alkışlayabiliyorum. Ya sen? Sadece kötü günde varsın, ağlayan, üzülen biri olunca ortaya çıkıyorsun," derdi herhalde.

Kötü gün dostu da ona cevap olarak "Asıl iyi günde yanında olmak kolay. Sen sadece yanında başarılarıyla övünebilecek birilerini arıyorsun ama ben yanımda dertlerini paylaşabilecek birini arıyorum. Çünkü sokaktaki biri senin derdini dinler ama gözyaşlarını sadece benim gibi kötü gün dostları siler! Onların acılarıyla tatmin olmak da nereden çıkmış? Hiç de bile! Sadece onlara yardım etmek istiyorum. Ben onların acılarını hafifletmek istiyorum, sen alkış tutarken!" diye sinirlenip öfke duyardı büyük ihtimale iyi gün dostuna...

Ben de onları tanıştırdığım için o gün pişman olurdum herhalde... Bilmiyorum gerçekten. Ama uzun zamandır kafamı meşgul ediyor bu soru, dönüp dolaşıyor zihnimde. İyi gün dostunun önemini açıkçası son yıllarda daha çok anladım. Çünkü herhangi bir başarı elde ettiğimde, ailemden sonra yanımda kim olacak diye merak etmeye başladım. Öncelerde kimseden bir beklenti içinde değildim. Çünkü bilmiyordum, biri bir başarı elde ettiğinde hemen aramalı mıydım onu? Aramasam ayıp olur muydu? Yüz yüze görünce başarısını kutlardım tabii ki ama ne zaman göreceğimi bilmiyorsam, öncesinde uzun bir mesaj atıp tebrik etmem gerekiyor muydu? Veya ben bir başarı elde ettiğimde, en yakın arkadaşım beni hemen aramayıp ertesi gün aradığında, ona bozulmalı mıydım? Çok sevdiğim bir başka arkadaşım benim en mutlu günümde yanımda değildi, hiç arayıp sormadı diye onunla arama mesafe koymalı mıydım, yoksa "O da böyle biri işte, yapacak bir şey yok, belki unutmuştur canım, olamaz mı?" deyip boşvermem mi gerekiyordu? Nasıl çözecektim dostlarımı, nasıl anlayacaktım beni gerçekten sevip sevmediklerini? Bilmiyordum ve bilmediğim için de kimseden bir beklentim yoktu. Annemin yüzünü güldürebilmek yetiyordu; doyuruyor, besliyordu beni. Ama sonra, yaşaya yaşaya bazen hayatınızda "dost" diye tanımladığınız insanların sizi herhangi bir başarı elde ettiğinizde aramalarının güzel bir şey olduğunu, başarınızı yaşarken yanınızda olmalarının bir ihtiyaç olduğunu öğretiyor size hayat... Ben de tabii dost sandığım bazı insanları "Meğer dostum değilmiş" diyerek elemek zorunda kaldım başarıya ulaştığım günlerde. Hiç aramayacağını sandığım insanların aradığını gördüğümde ise "Niye bu kadar uzağız acaba onunla? Niye yakınıma almıyorum onu? Baksana en yakın olduklarımın yapmadığını yapıyor, böyle bir günde arıyor beni," diye düşünüverdim. Ve bir sonuca vardım haliyle... İyi gün dostuyla, kötü gün dostu diye bir şey yok aslında. "Dost" dediğin kavramda, o ikisi de iç içe, beraber zaten.

En önemlisi; eğer dostsa karşındaki, iyi gününde sadece elleriyle değil ama en çok "yüreğiyle" alkışlar seni.

Ve kötü günde sadece derdini paylaşmakla kalmaz, o derdi kendine dert edinir...

İnsanın İçindeki İnsan

Çok ince, zarif, hayalperest bir kızın içinden kaba, küfürbaz biri çıkabilir mi? Veya çok maço, dediğim dedik, dikkafalı, vurdumduymaz bir erkeğin içinden çok ince ruhlu, kibar, mütevazı, şair ruhlu bir kişi?

Buna inanıyorum ben. İnsanın içinde taşıdığı başka insanlara inancım yüzde yüz. Çünkü dışarıdan "maço" tavrı taşıyan erkeklerin evde eşlerinin her dediklerine nasıl "Tabii ki karıcım, senin istediğin gibi olsun" dediklerini gördüm. Sonra, aynı kişilere trafikte rastladığımda "Ulan sen de araba kullanıyorsun bu ülkede sana ehliyet verenin ben..." diye konuştuklarını, birden değiştiklerini de gördüm. Aynı şekilde, çok kaba, neredeyse otururken ayaklarını açıp oturacak, sürekli küfredip duran, maskülen tarzları olan kız arkadaşlarımın özel hayatlarında, sevdikleri erkeklere dudaklarını büzüp, nazlanarak; "Yaaa aşkım ben seni çok seviyorum biliyorsun ama bence sen beni, benim seni sevdiğim kadar sevmiyorsun ya!" dediklerini de gördüm.

Ve anladım ki, insanın içinde yüzlerce, belki binlerce insan var. Hatta öyle ki, insanlar kılıktan kılığa girebiliyorlar. Aslında psikolojide buna "Maske takmak" ve "Maskelerle gezmek" de deniliyor ama biraz negatif bir anlamda kullanılıyordu sanırım bu maske mevzusu. Benim bahsetmek istediğim daha pozitif bir anlam. Örneğin, ince ruhlu bir erkeksiniz ve kaba, kıskanç, maço bir erkeğe dönüşmek istiyorsunuz. Veya çok kaba, çok erkeksi bir kızsınız ve ince, zarif bir kıza dönüşmek istiyorsunuz. İşte bu bence mümkün. Tamamen sizin elinizde. Çünkü aslında insanlar küçükken nasıl yetiştirilirlerse, hangi ortamlarda büyürlerse, o ortamdaki insanların davranışlarını örnek alırlar. Evet, bu doğru, yadsınamayacak bir gerçek. Ama seneler sonra, olduğunuz ortamları kendi hür iradenizle değiştirmeyi başardığınızda, örneğin kaba bir kızsanız, zarif kızlarla arkadaş olmaya başladığınızda, bir zaman sonra onlara benzediğinizi görürsünüz. Veya feminen bir erkekseniz, kadın cinsinin yoğun olduğu bir ortamda büyümüşseniz, kendinizi erkeklerle yapılan bir siyaset kavgasının ortamına soktuğunuzda, oradan bir daha feminen bir tip olarak çıkamazsınız. Hemen erkeksi tarafınız ortaya çıkar. Yani her şey olabiliriz istersek. Her insana dönüşebiliriz.

Çünkü her karakter zaten bizimle.

Hepsi içimizde.

Tesadüf Sanılan Mucizeler

Tesadüflere hiçbir zaman inanmadım. Hayatta her şeyin sebepsiz olduğu konusunda hemfikirseniz, tabii ki tesadüfler size mantıklı gelebilir ama benim felsefemde; hayatta her şeyin bir sebebi var... Şu an sizin bunu okumanız, benim bunu yazmam dahil! Hatta, mesela karşıma bir insan oturduğunda bile ben ona bakıp "Acaba neden bu insan hayatımda? Bugün neden kendimi onun yanında buldum? Bunun bir sebebi olmalı... Onu hayatıma çekmemin, beni hayatına çekmesinin bir nedeni var! Bana bir şeylerden bahsediyor, uzun uzun cümleler kuruyor, içinde gizli olan bir şey var mı acaba? Varsa öğrenmem gereken ne var? Hemen bulmalıyım... " diye düşünür dururum.

Teoman'ın hayatında tesadüf sanılan bir mucizenin gerçekleşeceği gündü o gün, aylardan haziran, bir cuma gecesi. Teoman'la liseden ortak arkadaşlarımızın "Buluşalım artık şöyle hep beraber, sürekli erteliyoruz bu buluşmaları!" diyerek yaptıkları baskılarının sonucunda bir akşam, Teoman cuma trafiği yüzünden 20 dakika gecikmeli gelse de, Galata'da bir mekânda buluştuk. 11 kişi oturduğumuz büyük ve yuvarlak masanın etrafında, garsonun "Ne istersiniz?" sorusu üzerine ben tam mönüden seçtiğim yemeğin siparişini veriyordum ki... Teoman kulağıma eğilip; "Arda ya... Sen siparişi bu masada vermesen de, şöyle –arkada bir yer gösteriyordu– bir masada otursak, yemeği orada yesen olur mu? Sana danışmam gereken bir şey var," dedi. Masada, kırk yılda bir buluşulan grup varken, arkadaki bir masada baş başa yemek yemek çok ayıp olur diye düşündüm ama ona da "Hayır" diyemedim. Bazen karşındaki insanın acil bir şeye ihtiyacı olduğunu, o "acil", "çok önemli" demese de, gözlerinden anlayabiliyorum. Teoman'ın gözleri, o akşamki yemeği aslında hiç umursamıyor, ruhunu sanki –birazdan anlatacağım– annesinin olduğu yerlerde dolaştırıyordu... Teoman masadakilere; "Arkadaşlar hepinizden çok özür dilerim ama biz bi' yarım saat bir şey konuşup geliyoruz Arda'yla," derken, masadakiler cümlenin bitmesini beklemeden hemen "Şaka mı Teoman bu yaptığın? Oturun oturduğunuz yerde!" diye sitem ettiler. Teoman gülümseyerek, vurdumduymaz bir tavırla gitti oturdu hemen. Garson da peşi sıra geldi arkamızdan. Siparişlerimizi söyledikten sonra kendimi tutamayıp Teoman'a "Ne oldu Teoman, hayırdır, ne bu koşturman oğlum, ne bu acelen ve tabii ki en önemlisi derdin?" dedim. "Arda öncelikle çok özür dilerim ama anlayacağını bildiğim biri olduğun için anlatıyorum bunları sana; yoksa beni az çok tanırsın, söylemem kimseye," dedi. O an düşündüğümde bana çok şeyini anlattığını hatırlamıyordum, bu akşamki buluşma olmasa 2-3 ayda bir konuştuğum bir insandı Teoman. Sadece annesiyle ilgili bir problem hafızamda yer edinmişti, bir onu biliyordum, hepsi bu. "Annem beni küçükken teyzemlere bıraktı. Sonra da çekip gitti. Belki anlatmışımdır sana, hatırlamıyorum, bu kadarını çoğu insan bilir... Neyse, sorun o değil. Sorun, annemin yokluğu ve hiç olmamış olması yüzünden hayatıma giren kadınlara değer verememem. Ama değer vermememi bir kenara bırak, onlarsız da yapamıyor olmam. Çıkmazdayım. Nefes alamıyorum," dedi. Belki artık yaşı ilerlediğinden yüzleşiyordu annesizliğiyle, belki de içindeki o boşluğu doldurmaktan yorgun düşmüştü kalbi. Yazarken fark ettim de, sanki ikinci dediğim daha büyük bir ihtimaldi... "Biliyorsun ben bu işlerde ehil biri değilim, sadece fikir verebilirim... Benim dediğim doğru olacak diye bir şey yok," dedim. Bir yandan da zihnimde diyeceklerimi toparlıyordum, çünkü çoğu insan, özellikle çaresiz olduğu anlarda kime koşarsa, onun dediğini yapmaya çok eğilimlidir. Gerçekten doğru yönlendirip yönlendiremeyeceğimi bilememekten, bir yandan da yardım etmek istememden dolayı; "Annenle konuşmayı denesen? Yüzleşsen, böyle böyle oluyor senin yüzünden diye anlatsan?" gibi bir şeyler çıktı ağzımdan. "Annem şu an, muhtemelen Avrupa'da,

Hulusi denilen zengin kocasının paralarıyla alışverişte veya bilemedin Yunan Adaları'nda güneş banyosunu bugün hangi sahilde yapacağının derdindedir. Yüzleşmek istesem de, bunu yapamam ki. Zaten içimden gelmiyor, bana yaptıkları yüzünden. Senin içinden gelir miydi?" dedi. "Benim fikrimi soracak olursan, söyleyeyim. Bundan 1 sene önceki ben olsaydım ve senin hayatını yaşıyor olsaydım yüzleşemezdim. İstemezdim tıpkı senin gibi, içimden gelmezdi. Ama artık değiştim; bir şeylerle yüzleşmenin ve yüzleşerek o şeyleri kabullenmenin bizi iyileştirdiğini artık çok iyi bildiğimden, bugün hayatta beni kıran üzen herkesle yüzleşiyorum," dedim. "Bilmiyorum... Belki de haklısındır, deneyeceğim," deyiverdi. Arabasıyla çıkmaz sokakta olduğunu sanan bir sürücünün, aslında çıkmazda olmadığını fark ettiği andaki gibi bir rahatlama geldi yüzüne. "Deneyeceğim. Sen diyorsan, vardır senin bir bildiğin..." diye ekledi. Dinlediğim için bana teşekkür ettikten sonra arkadaşlarımızın diğer masada olduklarını hatırlayarak yemeğimizi hızlıca yedik ve sonrasında yanlarına döndük.

O günden yaklaşık 1 ay sonra, bir öğle vakti, Teoman beni aradı. Telefonda "O gün sana deneyeceğim dedim ya... Dediğini yaptım. Gidip annemle yüzleştim. Hayret, biliyor musun şansa İstanbul'daydı! Her şeyi konuştuk... Onun kendince haklı sebepleri, benimse, bilirsin... Daha haklı sebeplerim vardı kendimce. Üzerimden bir yük kalktığını hissediyorum. Son olarak, tesadüfe bakar mısın, annemle konuşmamdan sonra Elif'le ilişkimiz de düzeldi... Baya iyiyim ya! Tekrar teşekkür etmek için aradım seni," dedi. Yüzündeki gülümsemeyi, sesinden anlayabiliyordum. İnsanın bazen sesleri de gülümsüyordu, bu en güzel şeylerden biriydi hatta.

Ona cevaben "Anneni affettiğin için sevdiğin kızla aranın düzelmesi, tesadüf değil... O masaya alelacele oturmamızın tesadüf olmadığı gibi..." diyerek, bir insana iyi gelmiş olmanın huzuruyla kapadım telefonu.

Öykü'nün Güzelliği

"Güzellik: Bir canlının, somut bir nesnenin veya soyut bir kavramın algısal bir haz duyumsatan; hoşnutluk veren hususiyetidir. Güzellik, estetiğin, toplumbilimin, toplumsal ruhbiliminin ve kültürün bir parçası olarak incelenir ve kültürel yapılanmada son derece ticarileşmiştir."

Hiç düşündünüz mü? Her toplumun kendine özgü bir güzellik anlayışı var. Türkiye'de farklı, Amerika'da farklı, Çin'de farklı. Amerika'nın güzellikle yücelttiği bir insan, bize çok "avam" gelebiliyor, bazen bizim göklere çıkarttığımız insanlar, başkalarına hiç de güzel gelmeyebiliyor. Ayrıca bir toplumda güzel olmak, aslında "algı"ya o kadar dayalı bir şey ki! O kadar kolay ki. Aslında herkes güzel, hepimiz güzeliz. Bizi "çirkin" yapan sadece bize dayatılan "güzellik algıları..." Örneğin her gün, tirajı yüksek bir gazete de büyük harflerle "İŞTE KUSURSUZ GÜZEL" diye fotoğrafınız yayınlasın, 1 ay içerisinde muhtemelen yaşadığınız ülkenin en güzel, en aranan, en gözde insanlarından biri olursunuz. Emin olun medyada bize "güzel" diye dayatılan çoğu model veya sanatçı, bizim zannettiğimiz kadar "güzel" değil aslında. Bu tamamen algı oyunu...

Ben liseye giderken, çok sevdiğim bir tarih hocam vardı. Öykü Hocam... 40'larının başında, evli olduğunu sandığım, kendini okumaya ve eğitime adamış, kendi halinde bir kadındı. Ama değişik şeyler vardı Öykü Hoca'mda. Okuldaki masası oğlunun fotoğraflarıyla doluydu. Her yerde oğlu ve oğluna sarılan bir anne fotoğrafı. "Neden hiçbir fotoğrafta kocası yok?", "Neden çocuğun bir de babasıyla olan fotoğrafını koymamış masasına?" diye düşünmeden edemezdim. "Sanırım boşanmış" der ama kurcalamazdım konuyu. Hem haddim değildi hem de zaten o kadar kültürlü bir kadındı ki, onun bilgilerinden beslenirken, ara sıra aklıma gelen özel hayat soruları uçup gidiyordu sınıfın penceresinden. Bir gün, çok yoğun geçen okul gününün son saatinde, Öykü Hoca'nın dersindeydik. Ders bitip herkes çıkıp gitmişken, sınıfta kalan defterlerini ve kitaplarını toplamaya çalışan Öykü Hoca "Arda, çıkmadan yanıma gelsene, sana bir fotoğraf göstereceğim," dedi. Kitaplarımı ve defterlerimi hızlıca toparlarken "Tamam hocam geliyorum," diye cevap verdim. Yanına gittim ve "Ne oldu hocam, niye çağırdınız?" dedim. Oturduğu yerden kalkmadan, elinde tuttuğu fotoğrafı bana gösterip; "Nasıl biri sence, güzel mi, beğendin mi?" diye sordu. İlk önce böyle bir soruya nasıl cevap vermem gerektiğini düşündüm çünkü fotoğrafta, muhtemelen çok sıcak bir ülkede, bikinili bir şekilde bir sandalyede oturmuş, objektife bembeyaz dişleriyle gülümseyen sarı saçlı, siyah –muhtemelen iyi bir marka– gözlüklü bir kadın vardı. O anda gördüğüm bu kadının, Öykü Hoca'nın kocasının, onu aldattığı kadın olduğunu anladım. Niye bazı şeyler, söylenmeden kendini belli ediyordu ki? Cümle kurmasalar da, hislerinizle niye bazı şeyleri anlayabiliyordunuz ki?

Pekâlâ, bu fotoğrafı "Öykü Hoca'nın yakın bir kız arkadaşı" olarak yorumlayıp, "Hoş, güzel bir kadın" diye cevaplayabilmek varken... Ama yapamadım. Çünkü hissettim. "Keşke ben de hızlıca sınıftan çıksaydım, n'olurdu kitaplar defterler yarına kalsaydı be Arda! Yarın hallederdin," diye hayıflandım. Kadın güzeldi ama Öykü Hoca gözleriyle bana "Keşke beğenmediğini söylese," der gibiydi. İnsanın gözleri, cümlelerinden daha etkili olurdu ya bazen, hani insanların cümlelerinden çok gözlerini okuyabilirdiniz ya, işte bu da öyle bir andı. "Hocam kim ki bu? Ben pek beğenmedim, basit yani" deyiverdim. O sırada "Bazı insanların yalan söyledikleri hiç anlaşılmıyor, nasıl yapıyorlar acaba?" diye bir soru düştü aklıma. Ben pek beceremiyordum çünkü bu işi, yalan söylerken katıla katıla gülüyordum. Acaba yalan söylemek, özellikle karşında yalanın sayesinde mutlu olacak bir çift göz varsa yine de günah olur muydu? İnşallah Allah beni affederdi çünkü bu kadına gerçeği söyleyip

"Çok güzelmiş" deyiverecek olsam, Öykü Hocam evine gidip yatağa yattığında, kendini fotoğraftaki kadınla kıyaslayacak, kendini değersiz hissedecek, ülkedeki güzellik ölçütlerine de, erkeklerin güzellik ölçütlerine de, kocasına da, hatta bana da lanet okuyacak, aynadaki Öykü'den çok uzaklara kaçacak, onu görmek istemeyecekti. Cevabımın üzerine, Öykü Hoca'nın masum yüzüne gerçeği bilen ama yine de kandırıldığı için mutlu olan bir gülümseme yayıldı. En azından bu konuşmayla ilgili kafasına takılacak bir şeyi olmayacaktı. Hiç değilse şimdi kendini inandırması gereken bir yalanı vardı; bir erkek, kocasının onu aldattığı kadını güzel bulmamıştı. "Değil mi? Ben de pek beğenmedim. Sağ ol canım, görüşürüz yarın. İyi akşamlar," dedi ve sınavı iyi geçmiş bir öğrenci huzuruyla fotoğrafı çantasına attı... O günden sonra, Öykü Hoca, okulun uzun süren öğlen aralarında, ben ve yakın bir arkadaşımla "ilişki ve evlilikler" üzerine konuşurken, laf arasında 6 ay önce boşandığını anlattı. Kocası ona; "Başka bir kadına âşık oldum... Senden güzel bir kadına," diyerek oğluyla beraber terk etmişti...

"Kocanız, dış güzelliklerin tükenen bir ölçüt olduğunu bilebilseydi, sizi asla bırakmazdı," diyemedim.

Ve o uzun süre içinde tutulan bir sırrı anlatır gibi hararetli konuşurken, Öykü Hocamın, oğluyla beraber çok mutlu olması için içimden sessizce dua ettim.

Kendinizi Bırakıp Gidesiniz Geliyor mu?

İnsanı ayırırlar diğer canlılardan. En önemli özelliği olan düşünebilme yeteneği nedeniyle.

"Tamam, bu onu hayvanlardan ayırır da, onu daha 'iyi' yapar mı?" diye düşünmeden edemiyorum şu günlerde. Kıskanıyorum bazı hayvanları, çiçekleri, bulutları, yağmurları. Dertleri olmadığı için, imreniyorum yaşamlarına...

Çünkü benim kendimi bir süreliğine yatağımda uyutup, üzerime yorganı çekip, şöyle bir güzelce örttükten sonra, kaçasım geliyor. Kendimi bir süreliğine unutmak istiyorum. Düşünsenize. Çok güzel olmaz mıydı sizce de? Şu an size sıkıntı veren her ne soru varsa... "Ne zaman evleneceğim? Acaba geri dönecek mi bana? Okuldaki sınavları verebilecek miyim? İnsanlar beni beğenecek mi bu giydiğimle? İyi bir kariyer sahibi olacak mıyım? Evim olacak mı? Arabam olacak mı? Sevgilim olacak mı? Aile kurabilecek miyim? Kazandığım parayla geçinebilecek miyim? Yaşadığım acılar bitecek mi? Ailemden sakladıklarım bir gün ortaya çıkacak mı? Aşk acımı atlatabilecek miyim? İyi yerlere gelebilecek miyim?.." Bütün bunların hiçbiri yokmuş gibi, düşünsenize bi'! Müthiş olmaz mıydı? Sorusuz bir hayat... Dikkat edin, dert demiyorum! Çünkü her derdi kafaya takmayız. Örneğin arkadaşımızın derdini oturup kendi sorularımızı düşündüğümüz kadar düşünmeyiz. Bu yüzden sorusuz hayat bence süper olurdu... Ve muhtemelen hepimiz "kendimizi" şu an uyutuyor olurduk...

En azından uyku diye bir şey var. Kendimizi bir süreliğine terk ediş seyahati sanki, değil mi?

Bana biraz uyku kesin iyi gelir... Kendimden kaçma seyahati, mis gibi...

Eğer siz de böyle hissediyorsanız, eminim size de...

İyi yolculuklar!

17 Yaş

Kız, duygularıyla mantığının arasında bir yerlerdeydi. Ne duygularıyla hareket etmek içine siniyordu ne de mantığıyla hareket etmeye yanaşabiliyordu, çünkü tüm arkadaşları "Duygularınla hareket edersen hiçbir zaman mutlu olamazsın. Aptal olma. Mantıklı düşün. Duygularıyla hareket eden kim mutlu olmuş bu hayatta Allah aşkına?" diyerek onu dolduruyorlardı. Mantığıyla hareket ederse, kalbine "Sus kalbim, sus! Sakın sesini çıkarma," demek gibi bir şey olacaktı. Bunu da yapamazdı çünkü ne zaman mutlu olduğunu hissetse, kalbinin de onunla beraber gülümsediğini hissediyordu. Kalbi önemliydi onun için. Değerliydi. Arafta hissediyordu kendini. Araf... Ne güzel oturmuştu üstüne bu kelime. Yakışmıştı yaşadıklarına. Yaşadıklarını yaşarken ruhunda gezinen duygularına.

Sevdiği çocuğu ailesine anlatmaya çalışsa, anlamazlardı. Zaten bir tek annesine anlatabilirdi. Annesi bile belki "17 yaşında bir ergenin sıradan, acılı bir aşk hikâyesi," diye düşünecek, kızına; "Bütün bunlar normal kızım, daha çok şey yaşayacaksın. Üzülme. Hepsi tecrübe bunların," deyip geçecekti. Anlamlar yüklemeyecek, anlamaya çalışmayacaktı. Babasını düşündü. Ama babasına anlatması annesini için ikna etmek, muhtemelen Çinceyi öğrenmekten bile zor olurdu. Daha evden çıkarken babasından gizleniyordu, bir de sevdiği adamı mı babasının karşısına geçip anlatacaktı? Öfke duyuyordu bu ataerkil toplum düzenine. Sinir oluyordu. Kim belirliyordu bu kuralları? Kuralları belirleyenlerle karşılaşmak istiyordu. Babasını ondan uzaklaştırdıkları için, kurdukları bu düzenin ve kurallarının ne kadar yanlış olduğunu anlatmak istiyordu onlara.

Bir arkadaşı vardı. Çok kıskanıyordu onu. Diğer kızlar gibi parası için değil okuldaki başarılı karnesi için ya da güldüğünde yüzünde oluşan güzel gamzeleri için de değil... Onu kıskanmasının tek nedeni, kızın "Dün akşam babama da anlattım bu Ali'yle olan mevzuyu, danışayım dedim ona da, sonuçta erkek gözü yani. Neyse işte, babam çok üstünde durma dedi. Ben de durmuyorum artık," diyerek babasına, Ali'yle olan ilişkisini anlatabilmesiydi. Bu sayede erkek gözüne sahip olmasıydı... Hem sadece Ali'yi değil, her şeyi babasıyla konuşabiliyordu. Neredeyse regl dönemlerini bile anlatacaktı, duysa şaşırmazdı. Keşke kendi babası da öyle babası olsaydı. Keşke babaları değiş tokuş etmek diye bir şey mümkün olabilseydi...

Öyle olmuyordu işte. Kızın dünyasındaki olaylar annesine

"sıradan ergen hikâyesi" gibi gelecek olsa da, hiç de sıradan bir ergen hikâyesi değildi. Emindi, eğer ailesi bu yaşadıklarının onun ileride ilk evliliğinden yaptığı ikiz erkek çocuklarıyla arasındaki ilişkiyi bile etkileyeceğini bilebilseydi, ikisi de dizinin dibinden ayırmaz, psikolog psikolog dolaştırır, kızının derdine bir derman bulması için mutlaka birilerine yalvarırlardı. Ama kız, ilk darbeyi yemişti işte. Ortada kalmıştı. 17 yaşında, eğer baban gitmemişse, ilk darbeni alırdın demek ki... Bir erkek tarafından aldığın bu ilk darbe, saplanırdı kalbine ve gideceğin hiçbir doktor iyileştiremezdi bu darbeyi. Sevdiğin erkeğin gelmesi dışında... Keşke insanlar, özellikle aileler, kızlarının "Ergen işte" dedikleri yaşlarda neler yaşadıklarına dikkat edebilselerdi. Çünkü kızın, bugün, 17 yaşının 5. ayında yaşadığı ilk darbe, bundan sonra çıktığı tüm erkeklerle olan ilişkisini etkileyecek, aklını sürekli bir "terk edilme korkusu" kemirecek, kanında hep bir "Aynı şeyleri yaşamak istemiyorum," duası dolanacaktı.

Çocuk, "Duygularımla mı hareket etmeliyim şu an, yoksa mantığımla mı?" diye düşünüyordu, yatağında uzanmış, tavanına bakarken. Duygularıyla hareket ederse muhtemelen ağlayacak, belki diline biraz küfür bulaşacak, bu küfür suratını çirkinleştirecek ve olur da odasına babası veya abisi gelirse onlar tarafından "N'oluyor burda? Ne ağlıyorsun lan? Kız mısın sen?" gibi cümleler işiterek azarlanacaktı. Ağlamak sadece kızlara özgüymüş gibi, öğrendikleri bu saçma düşüncenin devamını getirmesini oğullarından istercesine... Mantığıyla hareket ederse, tüm duygularını içine atıp onların kapılarını kilitleyecek, aile sofrasında otururken sessizleşecek, annesinin annelik içgüdüsünden kaynaklanan sihirli hisleri çocuğu "Ne oldu annecim sana? Niye durgunsun, konuşmuyorsun? Pek bir şey de yemedin! Anlat ne olduğunu, yoksa çekiniyor musun bizden?" sorularıyla boğacaktı. Birkaç ihtimali düşündü, tarttı kafasında. Sonunda kararını verdi. Mantığı seçti. Her erkek gibi. Her erkek gibi olmak da sinir ediyordu onu çünkü kimi kez ağlamak da geliyordu içinden ama uğraşamazdı şimdi aşağılanmakla, abisiyle babasına laf anlatmakla. "Aşk acımı bile çekemiyorum bu evde! İçime oturup ağlama hissi uyandıran duygularımı bile yaşayamıyorum!" diye bir cümle kurdu, cümlesine kendisi de şaşırdı. Çocuğun hem ataerkil toplumun kurallarıyla hem de bu kuralların darbesiyle tanıştığı andı bu. "Kızlar, erkeklere de darbe atıyormuş," diye düşündü sonra. Aklına düşen bu son cümleyi okuldaki çocuklara anlatsa, "Oğlum ne darbesi? Erkek adam darbe yer mi? Amma da duygusal çocuksun. Darbe falan değildir o," diye dalga geçerlerdi onunla. Kimsesi yoktu şu an. Kimsesizdi. İçeride televizyon izleyen abisi, bu ilk darbesinde yanında, yatağının diğer ucunda olmadığına göre; yoktu. Mutfakta bir yandan marketten aldığı bisküvileri arayan, bir yandan çay demleyen annesi, bu darbesinde yanında olmadığına göre; o da yoktu. Arabada, muhtemelen şu an otoparkta arabayı park eden babası, bu ilk darbesinde yanında olmadığına göre; sonuç aynıydı, o da yoktu. Eğer ailesi darbe esnasında yaşadığı bu ağır kimsesizlik ve sessizliğin, ilerde çocuğun evleneceği karısına olan bakış açısını kökten etkileyeceğini bilebilseydi, şu an televizyonu kapatır, çayları bırakır, arabayı hemencecik park eder; çocuğun dibinde biterlerdi. Ama olmadı. Çocuk, ilk darbesini aldı. Onun da bundan sonra hayatı kökünden etkilenecekti. Mantığıyla hareket etmesinin onu kurtaracağını sanan her erkek gibi o da bilmiyordu hayatının etkileneceğini. Duygularını da, telefonunun zil tonunu değiştirir gibi "sessiz" yaptı ve içeride onu bekleyen annesinin demlediği çayı içmek için salona doğru yürüdü. Çok şey olduğunu kabullenip, hiçbir şey olmamış gibi yaparak.

Eğer şu an birini seviyorsanız... Sevdiğiniz insanın 17 yaşına geri dönmeniz gerekebilir. Çünkü her insan bir hikâyedir, okunması gereken. Ve her insanın yaptıklarının arkasında saklanmış duran bir "neden" vardır. Gölge olduğu için göremezsiniz onu. "Neden sevdiğim bana karşı güvensiz? Neden beni aldatıyor? Neden yalan söylüyor?" diye etrafa sormak yerine, onun hayatına dalmayı deneyin. Geçmişe dalmak zordur biraz, sancılı geçen bir yolculuktur hatta... Güzeldir de bir yandan çünkü daldığınız insanın çok değişik yanlarını öğrenebilir, sırlarına şaşırabilirsiniz. Sonunda ise sevdiğiniz insan için biriktirdiğiniz "Neden?"le başlayan soruların tüm cevaplarına ulaşırsınız. Sevdiğiniz insanın kalbini ilk kim dağıtıp gitmişse, ilk ve en büyük aşkı odur. Korkmayın hemen dediğimden... Bu, sizi sevmediği anlamına gelmez. Ama ilk kim dağıtmışsa, ilk hangi tarafları parçalanmışsa kalbinin, oradan toparlayabilirsiniz, onu...

Uykunuzdan Uyanma Zamanı!

Tembellik denilen illeti tamamen insan karakterine bağlayan biriydim. Kendim dahil, bu tür insanlar için "Öyle yaratılmış" bile diyebilirdim, "Öyle alışmış demek ki..."

"Sonradan tembel olunmaz yani, doğuştan öylesindir" diye düşünürdüm. Halbuki değilmiş, hatta alakası yokmuş. Tembellik dediğin şey, öğrenilen bir şeymiş, bilinçaltının dışavurumuymuş... İzlediğin filmin, okuduğun kitabın, uyuman için sana söylenilen "ninni"nin sende bıraktığı izmiş tembellik...

Bize uzak olduğu için üşenip bir türlü gidemediğimiz ama en sonunda ne yapıp edip gittiğimiz bir müzenin kafesinde otururken, sevdiğim bir arkadaşım bana birden; "Ben insanların iyi olduğuna inanmıyorum. Yani babam bana hep 'Kızım dikkat et, hiç kimse iyi değildir, insanlar kötüdür, aksidir, lanettir' derdi; beni böyle büyüttü. Dolayısıyla, biri bana bir iyilik yaptığında bunu benim güzelliğim için, benim dış görünüşüm için yaptığını düşünüyorum. İnsanların içlerinde bir iyilik olduğunu düşünmüyorum. Bu yüzden de onlara teşekkür etme gereği bile duymuyorum," dedi. O kadar şaşırdım ki! Gizliden gizliye cümlelerinde, "neden" böyle sert olduğunu açıklayan kelimeler de vardı, ayıklamıştım onları. Kimseye güvenemiyor, insanları sadece çıkarları için kullanıyor, insanların da onu çıkarları için kullandığını düşünüyordu. Ne garip, değil mi? İnsan düşüncelerini başkalarına anlatmadan yanlış olduğunu göremiyor. Eğer düşüncelerini içinde tutarsa, dünyanın aslında renkli olduğunu bilemeyen renk körü köpekler gibi, doğru sandığı yanlışını yaşıyor...

Ben bir yorum yapamadan, o devam etti: "Mesela bir erkek beni arabasıyla evime bıraktığında bunu sadece benden hoşlandığı için yaptığını düşünüyorum. Kız olduğum için yani... Benden hoşlanmasa beni evime bırakmaz. Bu yüzden teşekkür bile etmiyorum bazen. Zaten yapması gerektiğini düşünüyorum. Bir nevi alışveriş. O benden hoşlanıyor, iyi vakit geçiriyor ve karşılığında beni evime bırakıyor... "

Korkunç düşünceler içerisinde olduğunu iyice anladığımda şaşkınlığım biraz daha arttı ve ona şöyle cevap verdim:

"O kadar yanlış düşünüyorsun ki... Sana bunu nasıl anlatacağımı bilmiyorum ama ben evine bıraktığım her kızdan hoşlanmıyorum. Mesela bazen aynı yol üzerinde olduğumuz için evine bıraktığım kızlar oluyor. Bir insanı evine bırakmam için ondan hoşlanmak zorunda değilim. Evine bıraktığım için bir karşılık almak zorunda değilim. Karşılıksız yapılır zaten iyilik, eğer gerçekten iyiysen... Her şey bu kadar çıkar odaklı değil ki. Ve emin ol insanın 'içi' kendi dünyasında ayna görevi yapar. Sen kendi aynana yansıyanı görüyorsun... Oysa gerçek çok farklı. Aynanı kırmayı denesene. Veya kendini değiştirmeyi? Böyle hayat geçmez ki... Çıkarcı olmayan, gerçekten 'iyi' kalabilmiş pek çok iyi insan var ama sen kendi içinde 'çıkar' duygusunu taşıdığın için, başkalarına baktığında da onu görüyorsun veya gerçekten çıkarcı insanları çekiyorsun hayatına. Belki içinden 'çıkar' cümlesini gerçekten çıkarıp atsan, fırlatsan bir yere, hiç böyle sorunların olmayacak. Hümanizmle alakalı kitaplar okumalısın kesinlikle! Çok iyi gelir... Ve tabii ki Mevlana'nın hiç'lik makamını da araştırmalısın."

Beni dinlerken gözleri açıldı. "Senin hayata tek bir noktadan değil, geniş yelpazeden bakmanı çok seviyorum. Hatta bu huyuna hayranım diyebilirim," dedi. Ben teşekkür ettikten sonra "Annelerimiz bizi küçükken hep ninniler söyleyerek uyuturdu değil mi? Mesela seni annen hangi ninniyle uyuturdu, hatırlıyor musun?" diye sordu. Biraz düşündükten sonra, annemin bana mırıldadığı ninniyi söyledim ona: "Uyusun da büyüsün ninni, tıpış tıpış yürüsün ninni..." Gülümsedi. Ben neden gülümsediğini bile anlayamadan. "Sana çok garip gelecek şimdi anlatacaklarım. Hani ben böyle biraz çıkarcıyım veya çok tembelim, iş bulamıyorum falan ya... Bunun da nedeni belli aslında. Annem beni "Kızımı verdim Ahmet'e, kızım yaksın otursun..." diyerek uyuturdu! İnanabiliyor musun, şaka gibi değil mi? Ninninin benim üzerimdeki etkisine bakar mısın?" Ağzım açık kalmadı desem yalan olur. Gerçekten çok şaşırmıştım. Sıradan, öylesine, bebeğin uyuması için söylenen bir ninni... Ben de ona, "Aslında ne kadar önemsizmiş gibi geliyor kulağa... Alt tarafı ninni! Halbuki ninni bile içinde ne çok kodlama, ne çok bakış açısı barındırabiliyormuş. Seninkine benzer bir hikâye de bende var! Mesela ben küçükken babamdan bir şey istediğimde, "Çalış, kendin kazan, kendin al" derdi. Görebiliyor musun, bugün bir sürü şeyi kendim yapmaya çalışıyorum. İstediklerimi kendim elde ediyorum... Gerçekten çok tuhaf..."

Yani, meğer ne kadar önemliymiş, yakınımızdakilerin insanlar hakkında ne düşündüğü... "Herkes kötü" diye çocuğunu büyüten bir babanın, kızını bu kadar derinden etkileyişi ne acıymış meğer. Ama inanıyorum ki... İnsan nasıl bir ninninin etkisiyle uyumuşsa, o uykudan isterse her zaman uyanabilir...

Bakir ve Bakire

"Çok sevmek, insana asla yapmam dediği şeyleri yaptırıyormuş meğer," dedi kadın soyunurken. Aynı esnada, adam kadının üst dudağını öpüyor, ailesinin erkeklerin asla dokunmamasını öğütlediği yerlere dokunuyor, dokunulmasını istemediği yerlerine dokunan erkek onu kendinden geçirirken, yeni bir kadınla tanıştırıyordu. Kadının, bu hali için ailesi, "içine şeytan kaçmış" derdi. Ama ona öyle gelmiyordu. Aniden inledi, hayatta asla yapmayacağı bir şeyi yaparken... Bir tarafı suçlu ve ağlıyorken, diğer tarafı sokaklarda bağıra bağıra gülerek koşuyordu bu esnada. Neydi bu yaptığı? "Belki çok sevmenin sonucu" diye düşündü. Çok aşk, bu yüzden kötüydü belki. Ama kim karar veriyordu buna? Her şeyin bir zamanı olduğuna olan inancı, belki de şu anın doğru olduğuna inandırdı onu. Ve yavaşça kaybetti bakireliğini. Ona göre sadece bakireliğiydi kaybettiği ama başkalarına göre biraz çocukluğunu, biraz "kız"lığını, biraz masumiyetini kaybetmişti. Annesinin bu yaptığını gördüğünü zanneder gibi oldu, annesi gözlerinin önüne geldi ve erkeğini kenara itti. Üzerini toparladı. "Uyuyalım" dedi yanındaki erkeğe. Yastığa sarıldı kendine sarılır gibi ve rüyaya daldı. Rüyasında "uyandığını" gördü.

"Toplum baskısı, insana yapmak istemediği şeyleri bile yaptırıyormuş," dedi erkek, soyunurken. Aynı esnada kızın boynunu öpüyor, elleri kızın vücudunda geziyordu. "Milli oldun mu lan sen?" diye her yerde bağıra bağıra sorulan soruya "Evet abi, geçen yaz oldum" demek içindi yaptığı her şey. Çünkü eğer yalan söyleseydi, erkekler bunu anlardı, yüzlerinden okurlardı. Yarın akşam, bu sevişmeyi yakın arkadaşlarına anlatacak, arkadaşlarının onunla gurur duymasını sağlayacaktı. Arkadaşları "Oğlum nasıl bir şey?" diyerek söze başlayacak, çocuksa uzun uzadıya konuyu anlatacaktı. İçine girdikten sonra kendini yorgun hissetti ve yatağın öbür tarafına yığıldı. Gözlerini kapadı. "Bu şeyi, istediğim zaman yaptığımda da böyle mi hissederim acaba?" diye düşündü sigarasını yakarken ve tavandaki ayna, onun şimdi "erkek" olduğunu yansıttı yüzüne. Oysa o, adam gibi hissetmek istiyordu.

Ertesi gün her ikisi de hayatlarına kaldıkları yerden devam etti. "Ölmek istesen bile, hayat seni yaşatıyorsa, demek ki hâlâ iyi şeyler olabilir" demişti kız içinden uyandığında...

Ama kadın, artık eskisi gibi olmayacaktı. Erkek toplumun gözünde yüceltilirken, kadın aşağılanacaktı bir kesim tarafından, hor görülecekti. Ertesi gün kadın ağlayacaktı belki aniden, erkekse hayatına kaldığı yerden devam edecek, belki başka yatakta bile olabilecekti.

Bakireliğini kaybetmek orospuya dönüştürmez kadını bence. Asıl orospuluk, insanlara baskı yapmak, insanlara zulmetmektir.

Ve tabii, insan "kızlığını" kaybettiğinde değil, "insanlığını" kaybettiğinde; bekâretini yitirir.

Onun dışında, kız da erkek kadar kaldığı yerden devam etmeli hayatına...

"Eğer gerçekten eşitlerse..."

Aynadaki Sen misin?

"Kişi kim olduğunu bilmek isterse, kimi sevdiğine baksın," demişti Mevlana. Ah ne kadar da saçma gelmişti bana bir zamanlar bu cümle! "Ne bu şimdi, ne demek istiyor?" diye düşünmüştüm. "Ne yani, benim sevdiğim insan kötü diye ben de kötü bir insan mı oluyorum? Aynam mı o benim? Niye ki? Ne alaka? Hiç de bile! Alakası yok" diye kurup duruyordum kafamda. Seneler sonra, anladım bu sözün doğruluğunu. Nasıl bazı insanlara, seneler sonra olgunlaşıp çokça düşününce, "O da haklı bir yerde..." diyerek hak veriyorsunuz, nasıl bazı filmleri seneler sonra tekrar izleyince daha iyi anlayabiliyorsunuz, nasıl her istediğiniz doğru zamanda geliyor başınıza, cümleler de öyle işte. Zamanı gelince doğuyorlar hayatınıza. O zaman anlayabiliyorsunuz. Yoksa, cümleler sanki başkalarının çocukları gibi, sadece görüyor, duyuyor ama tam sevemiyorsunuz onları, kendi çocuğunuz gibi...

Mesela yukardan bakınca anlayamıyorsun kimseyi –kendini dahil– sadece anladığını zannediyorsun... Ve anladım ki, sen nasıl bir karaktersen, o karakterine uygun insanları hayatına çekiyorsun. Mesela sen savaşçı bir karaktersen, hayat sana öyle birini yolluyor ki tüm hayatını onunla savaşarak geçiriyorsun! Kendinle de savaşabiliyorsun mesela... Kişiden kişiye göre değişebiliyor nasıl tesir edeceği. Kimi sürekli kendiyle savaşmanın derdinde, sürekli kendi içindeki savaşı, dış dünyayı yansıtıyor bilinçli şekilde; kimisi var dışarıda sürekli savaşta ama aslında içini yansıttığından bihaber... Yani karakterin, hayatın sana getirdiklerini belirliyor. Hatta biraz değil, baya bir belirliyor.

Aslına bakarsan, uyandığında aynada gülümsediğin insan da değilsin sen. Uyandığında, aynada kalbinin yansıttığı insansın. Ve hangi bölümünü daha çok yansıtıyorsan hayata, o insanlar gelip seni bulacak. İyi de içinde, kötü de. Kendini mükemmel sanan ise sadece sensin... Çünkü mükemmel değilsin! Sakın kendini mükemmel sanma, tepelerde görme. Hâlâ eski sevgiline küfretmekle, hâlâ hayata sinirlenmekle, hâlâ başkalarını suçlamakla, hâlâ sadece sana iyi olanlara iyi olmakla "iyi" bir insan olmuyorsun, üzgünüm... "İyilik" sadece "sana iyi olanlara" yapılmaz çünkü... İyilik, herkese yapılırsa iyiliktir...

Kendine dönüp, içeridekine iyi ol...

Sonra dışına dönüp, dışarıdakilere...

Her Erkek Aynı mıdır?

"Erkeklerin çokeşli yaratıldıklarına dair" söylentiler yıllardır konuşulup durur; mutlaka bir yerde okumuş veya illa ki bir yerlerden duymuşsunuzdur. (Hatta eril hayvanlarda bile "harem" kurup yaşayanlar varmış.) Ama benim gözlemlerime göre, her erkek böyle değil. Evet, geleneklerimizde, örneğin Osmanlı zamanındaki padişahlar bu sözü doğrular şekilde yaşamış, evet toplum içinde de bu sözü yansıtan çok erkek var ama... Hepsi böyle mi? Veya genelin böyle olması, onu doğrular mı? Yani böyle olması, doğru mu? Olağan mı?.. Doğuştan çokeşli yaratılmış erkek, öyle yaratıldı diye bunu değiştiremez mi?

Mesela bazı erkekler var –şaka değil anlatacaklarım, gerçekten var!– tek bir kadınla mutlu olmayı, çok kadında mutluluğu aramaya tercih ediyorlar. Her gece başka bir kadınla beraber olmak yerine, her gece aynı kadınla koyun koyuna olmayı istiyorlar! Ciddiyim!

Bunun nedenlerinden biri de kadın beyni ve erkek beyni diye bir ayrım olması tabii. Bazı erkekler kadın beyniyle, bazı kadınlar da erkek beyniyle yaşayabiliyor. (Bunu araştırırsanız, siz de hangi beyinle yaşıyorsunuz öğrenebilirsiniz.) Örneğin kadın beyniyle yaşayan erkeklerin daha duygusal oldukları ve duygusal hareket ettikleri görülmüş. Bu yüzden tekeşliliğe daha yakınlarmış. Ee, o zaman demek ki soyları tükenmemiş! Hâlâ aramızdalar.

Ama birçok kadın, hayatlarına giren birtakım erkekler yüzünden, tüm erkekleri genelleyerek "Erkek dediğin aldatır! Erkek dediğin çapkındır! Erkek dediğin tek bir kadınla yetinemez! Erkek dediğin seks düşkünüdür! İğrençtir! Uzak durulmalıdır!" diye konuşup duruyor. Bunda "Ben erkeğim, aldatırım" gibi sığ düşüncelerle konuşan erkeklerin etkisi var tabii ki. Kadınlar, bu tarz söylemlerin yoğun etkisi yüzünden çocuklarını da bu algı üzerinden büyütmeye devam ediyor. Sonra da yetiştirdikleri bu kızlar ve erkekler, bilinçaltlarında erkeklerin ne kadar pislik ve adi olduklarını düşünüp duruyorlar ve ona göre hareket ediyorlar. Nesilden nesile böyle geçiyor yani. Ezberlenmiş bilgi gibi kuşaktan kuşağa aktarılıyor. Bence bu o kadar tehlikeli ve yanlış ki! Çevremde bazı samimi erkek arkadaşlarımın babaları, annelerini aldatıyor. Ama çocuklar, bu davranışı "Babam annemi aldatıyorsa, demek ki bu olması gereken ve doğru bir şey... İleride ben de aldatacağım" diye kabul etmiyor.

Allah herkese akıl vermiş ya, kullanalım diye! Bazıları da doğru olanı yapıp bu aklı kullanıyor ve diyor ki "Babam yanlış bir şey yapıyor, ben öyle olmayacağım. Bu doğru değil... Aldatmayı asla kabul edemem, ben de aldatmam" deyip, "Aldatmak hakkım" düşüncesine göre daha doğru bir tutum sergiliyor. Biraz daha endişeli bir insan oluyor belki ama aldatmıyor. Her insanın hayata baktığı penceresi farklı farklı yani. Herkes aynı pencereden bakmıyor ve herkes aynı pencereden bakmak zorunda da değil... Düşünmeyen erkekler biraz düşünseler, ezberlenmiş duygunun dışında başka bir bakış açısıyla hayata bakabilirler.

Ama maalesef ataerkil toplumumuzda, genellemelere göre yaşıyoruz. Ben bu algıdan kurtulmak için gerçekten çok gözlem yaptım ve çok okudum. Toplumun genel kurallarına körü körüne bağlanmak, çocukluğumdan beri yapamadığım bir şey olduğundan, toplumdan biraz uzaklaştım da çünkü genelgeçer doğrular, sizin doğrularınızla aynı olmadığında insanlar sizi dışlıyor veya ayıplıyor... Ama ben, hâlâ benim gibi insanların olduğuna yüzde yüz inanıyor ve o insanları görüyorum. Bu yüzden de erkeklerin hepsinin aynı olduğunu, bize öğretilen veya dayatılan özellikleri taşıdığını düşünmüyorum. Siz de düşünmeyin! Genellemeler yüzünden –benim gibi– boş yere suçlanan bazı erkeklere yazık ediyorsunuz.

Çünkü erkekler her ne kadar cinselliğe çok düşkünmüş gibi bir algı üzerinden hayatlarını sürdürseler de, huzura ve refaha da çok düşkündür. Siz hangi erkek tipini hayal eder ve onun sizi bulacağını düşünürseniz, o gelip sizi bulur biraz da...

O zaman ne diyeyim...

İyi erkeklere rastlamanız dileğiyle...

Uzaklaşmanın İçindeki Yakınlaşma

Bazen sokaklarda gezerken, kendi kendinize "Şu an başka bir yerde yaşanan güzel bir şeyleri kaçırıyorum" dediğiniz oluyor mu? Ya da dışarıda bir yerde bir faaliyette bulunurken, yaptığınız şeyin ne kadar boş olduğuna ve zamanınızı öldürdüğüne dair içinize kuvvetli bir his doğuyor mu? Bana çok oluyor...

Bir yerde oturuyorum diyelim. Yaklaşık 4 saat aynı yerde oturuyorum diyelim hatta. Bir süre sonra, "Buranın süresi doldu. Ben gidiyorum. Bu kadar yeter" deyip oturduğum yerden kalkıp arkama bakmadan gidiyorum. Çünkü eğer 24 saat içerisinde kendime bir şeyler katmamışsam, örneğin bir kitap okumamış, güzel bir film seyretmemiş, merak ettiğim bir konu hakkında araştırma yapmamış, kendimi geliştirmemişsem; o gün benim için "ölü bir gün" oluyor. Nefes almışım ama yaşamamışım gibi. Veya dünyaya çok dalmışım, su yüzüne çıkıp nefes almamışım gibi geliyor. Gece başımı yastığa koyduğumda, böyle geçirdiğim günler için "Bugünü hiç yaşamasam da olur" diyorum.

Başlarda, bu tutumumun asosyal ve saçma olduğunu düşündüm. Hatta çevremden; "Sana ne oluyor ya?" gibi tepkiler aldım. "Harbiden, bana ne oluyor ya?" diye bile düşündüm. Sonra, kendime başkalarının gözünden bakmayı bırakıp, kendi gözümden bakmayı denedim. Çünkü onların gözündeki "ben"le, benim gözümdeki "ben" aynı şeyi yapmıyordu... İnsanların sizi anlaması için, sizin gözünüzden dünyaya bakması gerekiyor bazen. Bu da o kadar zor bir şey ki... Herkes kendi penceresinden bakıyor bana. Onun penceresinde "ben" başka bir şey yapıyorken, benim penceremdeki "ben" bambaşka bir şey yapıyor. Örneğin, kendimi eve kapatıp kitaplar okuyarak araştırmalar yapmak bazı insanların pencerelerinden "Asosyal ve garip" görünürken, benim penceremden "kendimi geliştirdiğim, ilerlediğim muhteşem bir aktivite" olarak görülebiliyor. Aynı şey, haklılık ve haksızlık konusunda da var. Herkes kendine göre o kadar haklı ki! Fark ettiniz mi, karşılıklı iki kişinin yaşadığı bir olayı, farklı zamanlarda iki kişiden de ayrı ayrı dinlediğinizde, kime hak vereceğinizi şaşırıyoruz. İnsanlara eminim siz de benim gibi çokça "Evet tabii seni dinlediğimde sen o kadar haklısın ki...", "Aynen, şimdi düşününce sen de haklıymışsın" diyoruz.

Örneğin, 25 yaşındaki bir kız hayal edelim ve bu kız 2 yıldır beraber olduğu bir erkeği aldatmış olsun.

Kızın gözünden –tabii onun haberi yok ama– aldatmasının nedeni; küçük yaşta babasının annesini aldattığını, annesi yokken evde babasının telefonundaki "Aşkım neredesin? Karın gitmedi mi hâlâ?" mesajıyla öğrenmesi ve bunun yaşantısına ve bilinçaltına gizliden gizliye sızan, "Aldatmam gerek, annemin yaşadığı acıların intikamını almam gerek. Kimse bana ve anneme bunu yapamaz!" düşüncesi. Yani kız, yaşadıkları yüzünden suçsuz bir erkeği böyle kurban edebiliyor... Erkeğin gözünden ise bir kızın onu aldatması "orospuluk" olarak gözükebiliyor. Kimse kimsenin psikolojik problemlerini çekmek için gelmiyor dünyaya, aynı şekilde psikolojik sorunlarını yaşamak için de birini sevmiyor ama... Kız da kendince, daha doğrusu bilinçaltınca, "haklı" bir davranış sergiliyor, en azından öyle düşünüyor. Erkek de durumu "Sonuna kadar haklıyım, bu ne terbiyesizlik, haysiyetsizlik" diye yorumlayabiliyor... Nasıl bu erkeğin gözündeki kız o pencereden "orospu" sıfatıyla gözükecekse, nasıl erkek o kız için "kurban" ismiyle o pencerede rolünü oynayacaksa, "ben" de birilerinin penceresinde, bilmediğim rollerde oyunumu sahneliyorum... Ve "ben", bu başkalarının penceresindeki "ben"i kendi kendime değiştiremem... Çünkü o hiçbir zaman "ben" olmayacak ki...

Başkasının penceresindeki "ben"i değiştirme çabası, oturup herkesin penceresini söküp değiştirdikten sonra yeniden temizlemeye benziyor... Size de imkânsız gelmiyor mu?

O halde en doğrusu, kendi penceremizdeki "ben"i güzel görebilmek... Başkası bizi nasıl görmek isterse, öyle görecek zaten... Ama biz kendimizi her zaman, görmek istediğimiz gibi görüyor muyuz? Yoksa başkalarının görmek istediği "ben"i mi oynuyoruz?..

Sorulması gereken en mühim soru da bu...

Neden Başkalarının Dediklerini Kafamıza Takarız?

"Mahalle baskısı" kelimesini ilk duyduğum zamanı çok iyi hatırlıyorum. Çok küçüktüm. Annem evimize gelmiş bir misafire; "Mahalle baskısı işte! Mahalle baskısı yüzünden oluyor bunlar hep" diyordu. O zamanlar, annemin cümlesinde benim için yeni bir kelime olan "mahalle baskısı" zihnimde aynen şu görüntüyü oluşturmuştu: Dar sokakta yürüyen bir insana, 3-4 katlı evlerin pencerelerinden bir yandan çamaşırlarını sarkıtan, bir yandan da yürüyen kişilere kötü kötü bakan teyzelerin aşağılayıcı ve korkutucu bakışları... Neden böyle bir şey gelmişti aklıma bilmiyorum ama hâlâ ne zaman biri "mahalle baskısı" dese, o teyzeler koşa koşa gelir gözümün önüne...

Sırf bize özel bir şey midir emin değilim ama mahalle baskısı denen şey, bizim toplumumuzda inanılmaz yoğun. Kaçamıyoruz. Her sokakta karşılaşıyor, her evin içinde oturuyoruz onunla. Mesela evdeyken "Öyle oturma, ayaklarını düzelt" diyerek bizi uyarıyor. Alışveriş yaptığımız mağazalarda bile yanı başımızda bizimle beraber alışveriş yapıp "Alma onu, alırsan beğenmezler, dışlarlar seni" diyor. İzlemeyi çok istediğimiz bir konsere gittik diyelim, yine orada bizimle beraber konseri izliyor, "Çok dans etme, düzgün dur" diye konuşuyor bir yerlerden. Mahalle baskısı her yerde. Şehir, ekonomik gelir, ırk, cinsiyet fark etmeksizin, hep bizimle. Sanki yaşadığımız yere inmiş bir lanet gibi. Kaçamıyoruz... Peki, istersek onu yok sayabilir miyiz?

"Ya komşular görürse?" diye tir tir titreyen, "Rezil olduk yine eşe dosta" diye içine filler oturtan, "Ne yapacağız şimdi, bu rezilliğimizi nasıl düzelteceğiz?" diye başkalarının gözünden kendine bakıp kendine acıyan yüzlerce insan tanıdım ve onların yaşadığı olaylara şahit oldum. Onların etkisinde de çok kaldım. Kalmamak mümkün mü? Her yerdeler. Eminim siz de kalmışsınızdır. Belki de hâlâ etkisindesiniz ve ona göre yaşıyorsunuz...

Örneğin ben şöyle şeyler yaptım: "Bunu giymeyeyim, başkaları beğenmeyebilir" diyerek vazgeçtim aslında bayılarak giyeceğim şeyleri almaktan. Örneğin; "Bunun yaptığını ona ödeteyim, başkaları beni ezikleyebilir" diyerek başkalarının dediklerini yapmaya zorladım kendimi. Başkalarının sevdiklerini sevdim. Onların gittiği yerlere gittim. Olmak istediğim yer başkayken, onların olmak istediği yerde oldum. Sürü psikolojisinde yaşadım yani... Ama çok uzun sürmedi bu halim çünkü nefret ettim başkalarına göre yaşamaktan. Ve bıraktım "Başkaları ne der" diye düşünüp aslında hiç umursamadığım, hatta sevmediğim insanların uykularımı kaçırmasına, beni başka biri yapmaya çalışmalarına izin vermeyi... Sevgilimden ayrıldığımda; "Sen bunları internette yazıp paylaşıyorsun. Rezil ediyorsun kendini, yapma Arda böyle! Niye yapıyorsun bunu kendine anlamıyorum" dedi etrafımdakiler bana. Söylendiler de söylendiler. Beni vazgeçirmeye çalıştılar. Oysa ben içimi döküyordum internette beni okuyan binlerce insana. Onlara telefon ekranlarından ulaşıyor, tanımasam da yanlarında, ellerinde tuttukları ekranlarda oluyordum. Çok mu önemliydi bir sevgiliyi kaybetmek? Amaaaan! Bugün, o zamanlardaki umursamazlığım ve mahalle baskısını hiçe sayıp yazmaya devam etmem sayesinde kendi adımı milyonlara duyurdum ve şu anda bu kitabı bir yerde okuyorsan, mahalle baskısı olmadan yaşamanın insanı ne kadar ilerletebileceğini umarım benim hikâyemden birazcık da olsa öğrenebiliyorsundur... Gerçekten çok üzülüyorum başkaları ne der diye yaşayan insanlara. Sen bir erkeksin ve pembe rengini çok seviyorsun diyelim... Olamaz mı ya? Tabii ki olabilir! Renklere kişiliklerini veren hep bizleriz. Pembeye kız demişiz, kız olmuş. Maviye erkek demişiz, erkek olmuş. Pembeye erkek deseydik, o erkek olacaktı. Maviye kız deseydik, o da kız. Yani aslında her şeyi biz zihinlerimizde kodladık. Yoksa "Pembeyi genelde kızlar giyer" diye bir şey yok ki... Örneğin artık pembe kazakları erkekler giyiyor, kendilerini fotoğraflayıp Instagram'a yüklüyor ve binlerce beğeni de alabiliyor! Ama eskiden, örneğin bir gecekondu sokağında, bir erkeğin pembe giyerek o sokakta yürüdüğünü düşünün... Sizce o erkeğe "ibne" demezler miydi? Derlerdi. O erkek "ibne" sözcüğünü duyduğunda üzülmez miydi? Üzülürdü tabii ki... Ama bu onu "ibne" yapar mıydı? Kesinlikle hayır...

Sizce seneler önce o yazıları yazmış olmam beni gurursuz ve rezil biri yaptı mı? Bence hayır...

Yani, başkalarının dedikleri, sizin olduğunuz "kişi"yi etkilemez. Ben gurursuz değilim... Belki o zamanlar, bana baskı yapan insanlara göre öyleydim! Ama sadece onların gözünde. Bu hayatı ben, benim gözümden yaşamıyor muyum? Benim aynaya baktığımda kendi gözümden gördüğüm "ben", başkalarının gözünden görülen "ben"e bin basmaz mı?

Çok geç olmadan artık "kendiniz" olmaya başlamaya ne dersiniz?

Sana Yakışanı Yap!

Çok aydınlık bir yolda olduğunu düşün şu an. Yemyeşil ağaçların o yolun sağ ve sol tarafını doldurduğunu, güneşin de sıcacık şekilde en tepeden, tam da senin istediğin derecede seni ısıttığını düşün...

Arabaların sürülmesine izin verilmediğini, bu yüzden de rahat rahat o yolda yürüyebileceğini hayal et... Senden başka hiç kimse yok. O yolda sadece sen varsın. O yol, sadece senin yürümen için yapılmış meğer... Senin, "sen" olabilmen için...

Yolun dışında, o yemyeşil ağaçlar var ya, işte o ağaçların köşelerinde kalabalık gruplar var. Evet, insanlar şu an senin yaptığın gibi kitap okuyor... Birbirlerine okudukları kitapları anlatıyor, bazıları da yanlarında getirdikleri şeyleri yiyor...

Ama hiçbiri seninle ilgilenmiyor. Çünkü sen hem onlara uzaksın hem de onlar seni görmek istemiyor... Başka şeylerle ilgililer. Onların dünyasında sen yoksun... Sadece senin dünyanda onlar var, sen de onları uzaktan görebiliyorsun...

Şimdi, o yolda yürüdüğünü düşün... Ve o yolda yürürken, kuş gibi hafiflediğini, dertlerini dünyanın öbür ucundaki bir eve bıraktığını hayal et...

Yürümeye devam... Şimdi üzerine bir şey al. Örneğin, geçmişte birilerinin "Sana hiç yakışmaz o" dediği ama senin çok istediğin bir şeyi alabilirsin... Veya çıplak da hayal edebilirsin kendini ve bu da sana yakışabilir... Sen nasıl istersen öyle! Çünkü kimse seni görmeyecek, sen bile...

Şimdi... Eğer olmak istediğin gibi giyindiysen... Yanına kimi istiyorsan onu al... Başkalarının aklından neler geçeceğini düşünme! Bu kişi bir zamanlar, birilerinin sana "Çok yanlış" dediği biri olabilir veya "Bitti sizin ilişkiniz, bir daha başlamaz" dediği biri de... Zaten kimse seninle ilgilenmiyor ki, herkes kitap okuyor... Sana bakmıyorlar bile. Yanına kimin geleceğini görmeyecekler... Al onu yanına...

Aldın mı? Oh, ne güzel... Yan yana yürüyorsunuz, gülerek... O da seninle olduğu için çok mutlu... Onun mutluluğunu gözlerinden okuyabiliyorsun. Huzurlusun değil mi? Başka bir şeye ihtiyacın yok. Olmak istediğin kişisin ve olmak istediğin insanla berabersin...

İşte hayat aslında bu kadar basit... Üzerine de, yanına da, sana kimin "yakışacağını" düşünüyorsan, onu alacaksın... Sana yakışanı yapacaksın yani! Sana yakışan şey, senin kendine yakıştırdığındır zaten. Başkalarının sana yakıştırdığı değil...

Eğer sana bu hayali, Taksim İstiklal'de yürüyerek kurdurtsaydım eminim bambaşka şeyler düşleyecektin... Halbuki, "gerçekten" istediğin az önce kurduğun hayal...

Umarım hayatının bir döneminde, az önce gittiğin yoldan gidip sana yakışanı yaşayabilirsin...

"İstediğim Buydu" Demek İçin Ne Yapmalı?

Taksi şoförleriyle konuşmayı çok seviyor ve önemsiyorum, çünkü bana işlerini yaparken çok sıkılıyorlarmış gibi geliyor. Sanki her taksi şoförünün "Bitse de gitsem evime, açsam televizyonumu, uzatsam ayaklarımı, televizyondaki programı izlerken de televizyonun karşısında uyuyakalsam şöyle bir güzel keşke... Ama ne yaparsın? Hayat işte, para kazanmak zorundayım, arkadaki hanımefendiyi bu trafikte toplantısına yetiştirmek zorundayım, yanımdaki beyefendiyi de benim evime gitmek istediğim gibi, onun da koşarak gitmek istediği evine..." der gibi bir surat ifadesi var. Suratlarından bunu söylemek istedikleri anlamı çıkıyor. Hem bu surat ifadelerini değiştirmek hem de onlar için zamanın biraz olsun hızlı geçmesini sağlamak adına onlarla konuşuyorum. Çünkü insan, zamanın nasıl geçtiğini anlamadığı anlarda hep çok mutludur... Onlara;

"Bu memleketin hali ne olacak?" diyorum bazen, bazen sevdiğim kızı anlatıyorum, "Abi çok seviyorum be" diyorum, bazen ailemdeki bir dertten bahsediyorum, "Böyle de olur mu?" diye soruyorum, bazen arkadaşımın bana darıldığını anlatıp, "Nerde yanlış yaptım sence?" diye soruyorum. İlgiyle dinliyorlar, merak ediyorlar anlatacaklarımı... Kırmızı ışığın yeşile dönmesini, hem de İstanbul'un trafiğinde, sinirlene sinirlene beklemek yerine, benim sorduğum sorunun cevabını düşünerek bekliyorlar. O zaman kırmızı ışığın yanma süresi bile batmıyor onlara. İyi yaptığımı düşünüyorum çünkü binen hiç kimse onlarla ilgilenmiyor genelde, "Beni istediğim yere götürsün, yeter" mantığında, kapıyı kapatıp arka koltukta telefonuna gömülüyor herkes.

Tabii kafa ütülememeye çalışıyorum, onların da dertlerini dinliyorum bazen ve ben de onların dertlerine çare bulmaya çalışıyorum. "Abi boş ver, sen kendi yoluna bak" diyorum sevgilisinden yeni ayrılmış birine; "Abi kızın var, boşanma bence" diyorum aile içinde sorunları olan şoför amcama... Çoğuyla da yol esnasında zamanın hızlı geçmesini sağlayan konuşmalar yapmaya çalıştığım için, yaptığının –en azından ben arabasındayken– "iş" değil "bir dostla muhabbet" olmasını istiyorum. İnerken, onlara "Çok memnun oldum kardeşim, iyi bak kendine" dedirtmek de, yaptığımın ne güzel bir şey olduğunu kanıtlıyor bana.

Bir gün, koştura koştura bir arkadaşımın doğum gününe yetişmeye çalışırken, bindiğim taksinin şoförüne "Taksiden ne kadar para kazanıyorsun abi?" diye soru sordum. Abimin güleç olması da etkendi çünkü herkesle her muhabbete girilmeyeceğini çok iyi biliyorum. Bu konuyu hep merak etmişimdir; yani ben şimdi 45 lira ödedim, hepsi onun mu oldu yoksa 35'i onun, 10'u taksi plakası sahibinin mi diye. O da sorumu "Günün sonunda kazandığımızın 4'te 1'ni biz alıyoruz" diye cevapladı. Kızarak veya sinirlenerek değil. Gayet düz, tok bir sesle. "Abi senin hakkın 4'ün 3'ü bence ya! Ne kadar haksızlık aslında bu; sen sabahtan akşama kadar çalış, örneğin gün sonunda 500 TL para kazan, trafiklere gir, ayakların araba sürmekten şişsin, üstüne üstlük arabana binen sarhoşlarla uğraş, kazandığın paranın sadece 125 TL'si senin olsun. Adaletin bu mu dünya?" dedim. "Kahrolsun bu düzen" diye gülerek ekledim. O da güldü bana. Hiç mi hiç sinirlenmeden "Ne yapayım? Ben taksicilikten başka bir şey yapamam. Buymuş benim mesleğim, bunda da mutluyum zaten. Gözümüz yok fazlasında. 17 senemi verdim ben bu mesleğe. Düşün artık sen gerisini..." dedi. "Abi ne bileyim, emlakçılık yapsaydın. Daha çok para var onda, belki daha mutlu olurdun" dedim gülerek, sanki çok para herkesin hayaliymiş gibi... "Yok istemez, anlamam ben o işlerden, ben böyle iyiyim," dedi, dünyada hâlâ çok parada gözü olmayan insanların varlığını kanıtlarcasına. Sonra anladım ki işte herkes hayatını nasıl geçireceğini kendi belirliyor böyle. Kendi kapasitesi kadar yaşıyor hayatını. Başka bir arzusu olsaydı, başka bir meslek seçerdi... Ama başka arzusu yok ki başka mesleği seçsin... Böyle mutlu, olmak istediği yerde, olmak istediği kişi olarak çalışıyor! Gerisi önemli mi?

Ama herkes şoför amcam gibi istediğini yapamıyor. Bazıları "başkalarının seçtiğini" yaşıyor. Bu da bana yanlış geliyor. Çünkü korka korka, kenardan kenardan yürümeyeceksin hayatta. Yürürsen, bırak insanların fark etmemesini, hayat bile seni fark etmez. Ama başın dik, hayat o zaman ciddiye alır seni. Çünkü o zaman hayat sana, "olur" diyebilir. Çünkü o zaman; "Ne istiyorsun benden?" diye sana sorabilir, yanına gelebilir. Eğer korkusuz olmaz, kenardan kenardan yürürsen, hayatın getirdiklerini yaşarsın, kendi istediklerini değil... Hayat sana "öğretmen ol" derse öğretmen oluverirsin, "doktor" derse doktor... Ya başka bir şey olmak istiyorsan peki? Kenardan yürürsen, ne olmak istediğini sormaz hayat sana...

Korka korka da sevmeyeceksin birini mesela. "Bir gün giderse, ne yaparım?" diye sormayacaksın kendine. Düşünmeyeceksin bunları. İmgelemeyeceksin... Onu mutlu etmeyi düşünecek, kendini mutlu etmeyi isteyeceksin. Korka korka para da harcamayacaksın mesela. "Ya param biterse?" diye düşünmeyeceksin. Elinde tuttuğun her ne varsa, onu iyi şeyler için kullanırsan bitmez. Kendin dışında birilerini de sevindirmek için harcarsan paranı, gitmez. Paylaştığın her şey, seninle beraber kalır aslında, sen gittiğini zannederken... Hepsi sana geri döner. Korkma hayattan bu kadar. Biteceğini düşündüğün paran biter, gideceğini düşündüğün insanlar mutlaka gider.

Taksi şoförünün yaşadığı gibi, hayatın getirdiğini değil, kendi getirdiğini yaşamalı insan. "Olmak istediğim zaten buydu" diyerek o kişi olmalı insan hayatta... Nerede para varsa onu seçmemeli, nerede kendisi olacaksa, o kişi olmalı...

İçimizdeki Çocuk

"İçindeki çocuğa sarıl. Sana insanı anlatır" demişti yüreği her insanın yüreğine değip her yüreğin içine misafir olarak gidip oturabilen kadın.

Peki kaç insan içindeki çocuğa sarılabiliyor hakikaten? Bence çoğu insan, içindeki çocuğu unutmuş, onu bir yerlerde bırakmış tek başına. Hatırlamıyor bile artık. Nasıl biriydi? Ne sever, ne giyer, nelerle ilgilenir, nelerden hoşlanırdı acaba? Bilmiyorlardı. Belki kaybolmuştu çocuk, belki kalmıştı tek başına bir yerlerde, belki bir salıncakta sallanıp duruyordu. İnsanlar, ona sarılmak yerine başka şeylere sarılmayı âdet haline getirmişti. İnsan, içindeki çocuktan kaçtıkça, başkalarına bağımlı hale geliyordu. Kimisi bir kadın bedenine sarılıyor, o bedene sarılarak unutuyordu içindeki çocuğun gerçekte ne istediğini. Kimisi bir erkeğin bedenine sarılarak unutuyordu içindeki kaybolmuş çocuğu. Nerede olduğunu dahi bilmek istemiyordu.

Sanki bilirse, her ne yapıyorsa, onu yapmayı bırakacakmış gibi geliyordu ona. Kimisi beden bulamayıp, bir içki şişesine sarılıyordu. Ona sarıldıkça, kendinden, içindeki çocuğa sarılmaktan kaçıyordu kilomete kilometre uzaklara. Eğer kaçmazsa, içki şişesinin gereksizliğini ve acizliğini görecekti çünkü...

Kimisi yazı yazıp yazar olmaya, kimisi oyunculuk yapıp başka birine dönüşerek oyun oynamaya, kimisi kitaplara, şarkılara, filmlere sarılıyordu... Herkes ama herkes içindeki çocuktan başka herkese ve her şeye sarılıyordu sanki artık. Çok azı vardı, gece uyumadan önce, içindeki çocuğa sarılan. Hani şu küçükken ezilmiş, dışlanmış, acımasız çocuklar yüzünden kötü laflara maruz kalmış, babasını annesini aldatırken görmüş, annesinin baskısına maruz kalmış, küçük olduğu için sırasını büyüklere kaptırmış, arkadaşının şakası yüzünden herkesin önünde rezil olmuş; bir yerlerde tek başına oturan, o yalnız çocuğa. Kimse onunla ilgilenmiyor, ne dediğini sormuyor, ona "Nasılsın?" bile demiyordu. Oysa insanlar ona sarılsa, belki bugünkü dertlerinin özünü değiştirebileceklerdi. Dertlerini, neden "dert" yaptıklarını görebileceklerdi. Oysa insanlar, ona "Ne istiyorsun?" diye sorsa, bugün ne kadar çok şeyi anlamsız yere, boşu boşuna yaptıklarını anlayabilirdi. Bugün neleri neden yaptıklarını çözebilirdi ama çoğu insan bundan habersizdi.

Peki nasıl sarılır insanlar içindeki çocuğa? Eğer kaybolmuşsa, nerede bulabilirler onu? Ne istediğini nasıl öğrenebilirler? Mutsuzlarla, içindeki çocuğu nasıl mutlu edebilirler?

İnsan, içindeki çocuğu genelde yalnızken bulur. Çünkü insanın içindeki çocuk kıskançtır biraz. Başkaları varken gelmez yanımıza. Utangaçtır da, kolay kolay başkalarının yanında konuşmaz bizimle. Ne zaman yalnızsak o zaman gelip oturur yanı başımıza. O zaman, utangaçlığını kırar ve döker cümlelerini. Ne zaman bir şarkı veya film ağlatsa bizi, o zaman çıkar saklandığı yerden... Biz fark etmeyiz ya hani bazen, "Neden ağladım bu filme bu kadar? Ağlanacak çok şey de yoktu aslında" diye düşünüp dururuz ya hani, bazen "Niye bu kadar çok seviyorum bu beş para etmezi?" diye sorup dururuz ya kafamızda?.. Bazen, "Neden istediğimi bilmiyorum ama istiyorum işte" deriz ya... İşte o zaman, içimizdeki çocuklar çıkarlar ortaya. Çünkü biz en çok, kendi kendimize düşünürken içimizdeki çocuğu dinleriz. O üzülmüş, o sevmiştir çünkü. Onun o filmde ağlamaya ihtiyacı olmuş, onun o beş para etmezi sevmeye ihtiyacı olmuş, onun bizim nedenini bilmediğimiz şeyi istemeye ihtiyacı olmuştur...

Bu yazıyı ne zaman okursanız, o günün gecesinde içinizdeki çocuğa sarılın benim için... Sessizliğinize çekilin biraz. Herkesi kovup, yalnızlığınızı misafir edin kalbinize. Kapılarınızı kapatın...

Kendi kendinize konuşurken, ne istediğini sorun ona... Cevabı size verecektir... Cevabı aldığınızda, içinizdeki çocuğun isteklerinin, sizin asıl mutluluk kaynağınız olduğunu fark edecek ve asıl o zaman gerçekten "mutlu" olmuş olacaksınız...

Yalnızlık ile "Ben"in İlişkisi

Yalnızlık, siz kaç yaşındaysanız, sizinle aynı yaştadır. Akranınızdır. Sizi çok iyi anlar, hep destekler. Sizinle her konuda muhabbet eder ve üstünlüğünüzü de her zaman kabul eder. Başkaları saflarını değiştirse bile, o sizin olduğunuz taraftan asla ayrılmaz. Öyle sıkı sıkı bağlıdır ki size, asla bırakmaz peşinizi. Öyle emin tutar ki ellerinizi, elleriniz çatlayacak sanırsınız. Öyle sıkı sıkı sarılır ki kollarınıza, kollarınız çıkacak sanırsınız. Ona göre genelde her konuda hep siz haklısınızdır. Ona göre insanlar sizi hak etmez ve eğer birileri sizi anlamıyorsa, hayatınızdan gitmelidir çünkü siz eşsizsinizdir ve hep haklı (Nasıl mümkün oluyorsa bu). Ama o gitmeli midir? Ona göre, asla!

Yalnızlık, siz ondan gitmesini istediğinizde, gitmez. Kalmasını istediğinizdeyse, aksine, kalmasını hiç istemeyeceğiniz kadar sizinle kalır. "Keşke insanlar da yanında benim gibi kalsalar değil mi? Onlar kalmazlar, bağlanamazlar sana. Niye ararsın onları yanında, ne gerek var? Hepsi çıkarcı, kendi egolarına uyum sağlayanları arıyorlar yanlarında. Fikir ayrılıklarını görür görmez gidecek onlar. Bazıları artık seni beğenmeyecek, başkalarını beğenecek. Niye istiyorsun onları? 'Aa bak, o bundan daha hoş' deyip, senden başkasına gidecekler. 'Ne saçma düşünüyorsun be' deyip, senin haklılığını göremeyecek, onunla aynı görüşteki birine açacak kollarını. Ama bak bana, bak ben hep buradayım, hep seninleyim. Hem her fikrini severim hem de değişsen bile değişen hallerini... Çünkü hep güzelsin sen! Başkasını da istemem insanlar gibi. Doyumsuzluğum yok. Hep seni isterim. Bu yüzden gitmeyeceğim. Benden sadığını bulabilir misin? Bulamazsın. Bu yüzden kalacağım, oturacağım yanına, evindeki yatağına gireceğim, arabandaki koltuğa oturacağım, gittiğin yerlerde yan sandalyeni kendime ayıracağım..." diyerek konuşur, sizi kandırıp âşık eder kendine. Onun sizden başka hiç kimsesi yoktur. Tek sevgilisi sizsinizdir. Eşsizlik ve yalnızlığın asillik duygusu, sizi ona bağlar...

Terk edildiğimde, beni yalnızlığın beklediğini biliyordum. İnsan bazen ileride ne yaşayacağını bilemez ama bunu çok kuvvetli şekilde hissedebilir. Buna gerçekten inanıyorum. O gün de öyle hissediyordum; yalnızlığın benimle uzun bir süre kalacağını biliyor, bir şeyler öğretmeye geldiğini ve o istemeden gitmeyeceğini hissediyordum...

Yalnızlık, o gün, odamın kapısını açtığımda, yatağımın kenarına oturmuş beni bekliyordu. "Nerede kaldın?" der gibi bir ifadesi vardı. "Bir hayli gecikmedin mi? Bu saate kadar gelmen gerekirdi" dercesine çatmıştı kaşlarını. Beni özlemişti, benim onu özlemediğim kadar. Bu arada, bavulunu da almıştı yanına. Uzaklardan gelmişti muhtemelen. Bavuluyla bana "Kalıcıyım ben" diyordu. (Ne değişikti değil mi hayat? Bavullar bile konuşabiliyordu.) Kalıcı olduğunu, zaten başından beri biliyordum.

"Uzun seneler var önümüzde, ne kadar kalacağını söylemene gerek yok, biliyorum" diyerek selamladım onu, aldım elinden bavulunu. Yerleştirdim onu evime. Sonra kapadım kapılarımı başkalarına. O dışarıdakilere. Onun dediği çıkarcılara. O doymak bilmeyen doyumsuzlara. Kapım çalındığında açamadım, izin vermedi yalnızlık. Girmek isteyenleri alamadım. "İşim var" dedim bazısına. Bazısına "Kafam o kadar dolu ki..." dedim. Yalnızlık öyle kıskançtı ki, ondan başkasını misafir etmemi asla istemezdi... Bir de son derece uyumluydu, onu terk etmek asla içimden gelmezdi... Ama ne kadar sürecekti böyle? O yatağımın kenarında, ne kadar daha benimle yaşayacaktı? Dedikleri doğru muydu yoksa, yalnızlığı kovarsam bir başkası da yalnızlık gibi sevip, onun yapmaya çalıştığı gibi mutlu eder miydi beni? (Sahi, mutluluk dedikleri neydi ki?)

Yalandı söylenenler! Ben de o yalanlara kanmıştım. Yalnızlık iyi değildi her zaman. Çünkü yalnızlık sizinle hiç kavga etmezdi. Ondan başkasıyla mutlu olmanızı da istemezdi. Alır sizi, bir odaya kilitlerdi. Kilidi de bilmediğiniz bir yerde saklardı. Onu bırakmasını istemediğinden, kolay bir yere koymazdı kilidi. Bulmanız yıllar sürebilirdi. Neden yapardı bunu? (Neden yaptığını daha sonra anlayacaktım.)

Oysa insanlar, sarılmayı, sevmeyi, sevişmeyi aradığı kadar, bir tartışmaya girmeyi de, kavga etmeyi de ararlar. Çünkü haklı çıkma içgüdüsü öyle bir duygudur ki, insanların yakalarını ömürleri boyunca asla bırakmaz. Bu yüzden, bugünlerde yalnızlığımı terk ediyorum. Bavulunu hazırlayıp, geldiği yere gitmesini söylüyorum ona. Belki, bir daha karşılaşırız ama...

Bu yalnızlık, benim kendimi bulmama yetti... Şimdi gidiyor ve bana, "Kendini bulman için gelmiştim, o yüzden gelenlere kapılarını kapatmanı söylemiştim. Kilidi bugün veriyorum sana, artık kendini bulduğun için..." dedi. Ne güzel bir cümleydi bu böyle. Kendimi bulmak için geldiği çok doğruydu aslında... Sinirlendiğim, kızdığım yalnızlığım aslında benim tahmin edemeyeceğim kadar çok şey katmıştı bana, hem de ben istemeden... Kim kime yapardı bu iyiliği?

Yani yalnızlık, iyiliğiniz için gelir size.

Bazen benimki gibi kendinizi bulmanız için...

Bazen de başkasından kaçıp kendinizle yüzleşmeniz için...

Hiçbir Şey Yapmamak

Çok Şey Yapmaktır

Hayatta başına pek çok şey geldiğini biliyorum. Merak etme, uzun uzun anlatmana hiç gerek yok. Az çok tahmin edebiliyorum. Bir de gerçekten çok hikâye dinleye dinleye, çok gözlem yapa yapa, şaşırmıyorum da duyduğum cümlelere, anlatılan hikâyelerdeki karakterlere. Senin hikâyene de şaşırmayacağımdan ve ayıplamayacağımdan emin olabilirsin. Sana sorum şu: Evet, birçok şey yaşadın ve sana birçok şey yaptılar. Peki sen, sana yapılanlara karşı ne yaptın? Sana yapılan şeylerden sonra hayat iki yol çıkardı çünkü karşına. Birincisi kötülüğe kötülükle cevap vereceğin yol, ikincisi kötülüğü unutup hiçbir şey yapmayacağın yol. Hangi yoldan gittin? Hangi yolu "doğru yol" diye seçtin?

Örneğin gidip ona yaptığını ödetmeye çalıştın mı? Sana yaptığını, ona yaptın mı? Aynısını? Kötülüğe, kötülükle mi cevap verdin? Veya dolaylı yoldan, onun haberi olmadan, ona yaşattığı şeyin bedelini mi ödetmeye çalıştın, gizli gizli? Yaşadıklarımızın bedellerini sanki kendimiz belirleyebilirmişiz, sanki yaşadıklarımızın bir bedeli olduğunu kendimiz bilebilirmişiz gibi mi davrandın? Eğer sana yapılan şeylere karşı, çok şey yapmışsan; bil ki hiçbir şey yapmamışsın demektir. Bil ki, hâlâ hayatın kısırdöngü içerisindedir. Çünkü eğer kötülüğe kötülükle cevap verdiysen, bil ki karşındaki kişiden farkın kalmamış demektir.

Hayatta her şey ayna görevi görür bizlere. Şu an bu kitabı okuman bile, ruhunun benim ruhumda kendini bulmasıyla alakalı; yani iç dünyan, bende bir şeyler görebilip bende bir şeyler bulacağına inanıyor. Eğer sana yapılan yanlışı ödetmeye çalışmışsan, bil ki, evrene de, enerjiye de, yaratıcıya da güvenmiyorsun demektir. Çünkü, bazı şeyler senin dışında gerçekleşir hayatta. Bazı kötülükler, senin dışında, senin gücün olmadan, senin seçimlerin olmadan karşılığını bulur. Kötülüklerin bedellerine sen karar veremezsin ki. Bu bedelleri sen belirleyemezsin ki. Senden büyük şeyler var hayatta. Koca dünyada, sen küçücükten de küçük bir şeysin. Koca dünyada, hiçbirimiz aslında karınca bile değiliz ki, kendimizi dev zannedip "O bana bunu yapamaz asla! Ona bunu ödeteceğim!" diyebilelim. Kötülüğe kötülükle veya intikamla cevap vermeyi âdet haline getirmiş hiç kimse kötülükten kurtulamaz. Yaşamına kötülüğü çekmeye devam eder...

Peki insan ne yapmalı?

Bana soracak olursan, ben bana yapılanlara karşı, en çok "hiçbir şey yapmamayı" tercih ettim. Birileri "İntikam al" dedi. Şeytan mıydı konuşan yoksa? Bilmiyordum. Şeytanla pek oturup konuşmuşluğum yoktu. Beni sevmez, benimle anlaşamazdı. Birileri "Boşver zamana bırak, zamanla hallolsun" dedi. Melek miydi konuşan? Bilmiyordum. Çünkü şeytan da ilk başlarda melekti, öyle duymuştum. "Hiçbir şey yapmamak, çok şey yapmaktır" diye düşünüyordum. İntikam alanların, aldıkları intikamlar yüzünden tekrar kötü şeyler yaşadıklarını görmüştüm. Neden mi? Çünkü intikam içinde kötülük barındırıyordu. Ben "iyilik" içeren bir intikama hiç rastlamamıştım. Aynı şeyleri yaşamayı kim isterdi ki? Aynı şeyleri yaşamayı istemiyordum. Evet üzüldüm. Çok! "Erkekler ağlamaz" gibi gülünç saçmalıklara inanmadığım için; ağladığımı da çekinmeden, gururla söyleyebilirim. Çünkü ağlamanın da üzülmenin de içgüdüsel bir duygu olduğuna ve akıtılan her damlanın kötülüğü götürdüğüne inanıyorum. Alıyor, damla damla götürüyor sanki dertleri. Yalan mı? Bu yüzden, sana yapılan şeye karşılık –bilirim bir şeyler yapmanı söylüyor içindeki ses ama– hiçbir şey yapmamayı tercih et. Zaten göreceksin, sana yaptıklarını yaşayacağını. Uyuduktan sonra, uyanmaktan kaçabilir misin? O da sana yaptıklarından kaçamayacak zaten. Bak gör, hayat nasıl kendiliğinden gösterecek sana, hiçbir şey yapmamanın çok şey yapmak olduğunu...

İlişkiler ve Toplum Baskısı

Bazen, insanlar size yanınızda sevgiliniz olması gerektiğini söyleyecek. "Neden sevgilin yok?" diye soracaklar.

Bazen, siz yalnızlığınızla gerçekten çok mutlu olacaksınız. "Yalnız başına sıkılmıyor musun?" diye soracaklar.

Bazen, yalnızlığın sizi çok kötü etkilediğini söyleyecekler, iç dünyanızda yaşadıklarınızdan habersiz şekilde. Bilip bilmeden. Tamamen kendi taraflarından. Tamamen kendi normlarıyla...

Her yanımız "başkaları"yla çevrili. Bu "başkaları" da sürekli konuşuyor ve bizi, kendileri nasıl görmek isterse öyle görmek istiyor.

Çevremizde; "Sevgilin olması gerek" diyenler var, "Sevgilin olsa daha mutlu olursun"cular var ve sevgilisi olduğu için bir yere giderken, "Çift gidiyoruz, sen tek olsan, olur mu bilemedim? Sevgilin olsaydı da çift çift takılsaydık keşke" diyerek, kendi keşkelerini size dayatmak isteyenler var. Hepsinin niyeti aynı; yanımızda birilerini görmek istemek. Bunlar etrafımızda dolanıp duruyorlar ve sözleriyle hep baskı altında tutuyorlar. Bizi, kendilerinin istediği gibi görmediklerinde rahatsız oluyorlar. Örneğin, uzun zamandır sevgilisi olmayan bir erkekseniz, sizi gey zannedebilirler. Arkanızdan, "Bir tuhaf yahu! Sevgilisi yok senelerdir. Gey mi acaba?" diyebilirler. Veya uzun zamandır sevgilisi olmayan bir kızsanız, sizin eski sevgilinizi unutamayan sorunlu biri olduğunuzu düşünebilir, "Yazık o kıza da, o çocuktan sonra toparlanamadı. Başka biriyle de olamadı" diyebilirler. Oysa gerçeğin, ne eşcinsel olmakla ne de eski sevgilinizi unutamamakla alakası vardır! Sadece "yalnızlığı tercih etmişsinizdir ve böyle mutlusunuzdur." İşte bu kadar basit! Bu nasıl bir baskı, nasıl bir önyargı ve günah almaktır? Anlamam mümkün değil.

Mesela ne zaman yakın arkadaşlarım sevgili yapsa, benim yanımda da bir başkasını görmek istiyorlar. Ama ne zaman benim sevgilim olsa ve onların olmasa, sevgilimden şikâyet ediyorlar. Peki ben neye göre yapıyorum tercihlerimi? Topluma göre mi? Kendime göre mi? Yoksa başka şeyler de var mı işin içinde?

İnsanların, enerjilerden oluştuğunu bilmeyenimiz yoktur herhalde. Mesela bazı insanlara hemen kanımız kaynar, "Çok sevdim seni" deriz, bazıları masaya geldiğinde, "Bir işim çıktı arkadaşlar, gitmem gerek" diyerek kaçıveririz oradan, gelen kişinin taşıdığı enerji yüzünden... Eminim ki size de çok oluyordur. Ben bu enerji meselesinin, bilinçaltının dışavurumu olarak bize tesir ettiğini düşünüyorum. Bazen, yukarıda anlattığım gibi, bize yapılan baskılar yüzünden "Evet ben de sevgilim olsun istiyorum", "Evet, benim de sevgilim olması gerek" diyoruz. Bize empoze edilen istekler var, bizim istemediğimiz. Yani belki bilinçaltımızda istemiyoruz ama istiyormuş gibi yapıyoruz. Sonra da "Neden sevgilim olmuyor? Bende bir sorun mu var?" diyerek yorumluyoruz, kendi kendimizi yiyoruz. Cevabı gayet açık: Bize yapılan baskılar yüzünden bir şeyleri istiyoruz, gerçekte "şu an" istemiyoruz! Bu sebeple, enerjimizle söylediğimiz şey çelişebiliyor. Çünkü enerjimiz, söylediğimizden daha güçlü...

Bir de bunun, "Senin sevgilinden ayrılman gerek, sana hiç iyi gelmiyor"cuları var. Aynı şekilde, bu da başka bir baskı! Bu tür insanlar da, şöyle cümleler kurup dururlar sizlere:

"Bundan sonra beraber olamazsınız, olmamalısınız."

"Sakın arama bir daha, gurursuz musun sen?"

"Bu kadar şeyden sonra olur mu hiç?" gibi...

Siz de, baskılar yüzünden korka korka, aykırı durmamak için, bazen arkadaşlarınızı ve çevrenizi kaybetmemek için, tüm isteklerinizi bastırıp, tüm kimliğinizi unutup "Tamam tamam, aramam" dersiniz. "Sen öyle diyorsan, vardır bir bildiğin" diye de eklersiniz sonra. Belki bazılarınız "Ama..." diyerek peşi sıra sebeplerini sunar "ama" onlar dinlemez. Büyük ihtimalle sizi duymaz ve sanki kalbiniz yokmuş ya da hiç atmıyormuşçasına size "Bir kere bittiyse bitmiştir hayatım aması falan yok, bitti sizin ilişkiniz" derler. "Doğru" dersiniz siz de üzülerek. Düşünmeyerek... Peki bir kere bittiğinde bitiyor mu ki gerçekten? Hani aşkımıza sahip çıkacaktık? Neden "bir daha aramamam" gerekiyor? Neden başkalarının dediklerine göre ilişki kurmam gerekiyor? Bu ne kadar doğru?

"Şunu sev" dediklerinde, "Olur, hemen seveyim" diyebiliyor musunuz siz? Ben yapamıyorum.

Hem sevgiliniz olmadığında, garip durmuyorsunuz ki! Bu gayet normal... Başkalarının dediğine göre yaşamamanın normal olması gibi.

Başkaları sizin yanınızda birini görmek istediğinde sevgili edinmeyin! Kendinizi hazır hissettiğinizde ve yanınızda birini istediğinizde olsun sevgiliniz... Başkalarını değiştirmeye çalışmayalım.

Başkaları, biz onları değiştirdikçe kendi kimliklerinden uzaklaşır ve mutsuz olur...

Ve yine bazı aşklar imkân varken, toplum yüzünden imkânsızlaştırılır. Ne gerek var, başkaları yüzünden, belki de çok mutlu gidecek ilişkileri yıkmaya? Bazı insanlar tekrar tekrar gelmez hayatınıza. "Bir" kere gelir... Bu insanları kaybetmeyin...

İmkânınız varsa –ki eminim vardır– dinlemeyin kimseyi, hemen koşun gidin aşkınızın arkasından...

Ve imkânınız varsa –ki eminim vardır– dinlemeyin kimseyi, yalnızlığınızın tadını çıkarın...

Bu hayat sizin, bu kalp sizin.

Unutmak

*Belleğinde kalmamış olmak, aklından çıkıp gitmek, aklında kalmamak, anımsamamak.**

Bir insanı unutmak için ne yapıyorsunuz? Biri size kötü, çok kötü bir şey yaptığında?..

Uğraşıyorsunuz değil mi? Günlerce, haftalarca, aylarca... Hatta yıllarca! Çaba gösteriyorsunuz unutmak için. Başkalarıyla beraber oluyorsunuz, başka şehirlere, ülkelere taşınıyorsunuz. Başka biri olmaya çalışıyorsunuz, başka çevrelere girmek istiyorsunuz... Sonra, bazı günler; "Beni aldatmış olamaz!" diyorsunuz, kendinize yediremiyorsunuz. "Ben bu kadar aptal olamam" diyorsunuz, kendinize kızıyorsunuz. En çok da kendinizi tanıyamıyorsunuz. "Ben nasıl kandım ona?" diyorsunuz, karşınızdakinin gerçek yüzünü göremediğiniz için, yine kendinize sinirleniyor, kendinizle kavga ediyorsunuz... Ne ka-

* *Türkçe Sözlük*, Ali Püsküllüoğlu, Can Yayınları

dar kaçarsanız kaçın, ne kadar kızarsanız kızın, bazı şeyler değişmiyor değil mi? Unutamadığınız o şey, artık her neyse, sizin peşinizden gelmeye devam ediyor...

Peki bu ne kadar doğru sizce? Kendinizle kavga etmek yani? Bence hiç doğru değil. Çünkü yaptığınız şey kendinizi yemekten başka bir şey değil ve hiçbir katkısı yok, sadece zararı var. Yani siz kendinize bu tarz cümleleri kurdukça ne hakikat değişiyor ne de başka bir şey. Çünkü her şey ve herkes hayatına devam ediyor... Sizin dışınızda. Ben, bir şeyleri unutmanın doğru olduğunu artık düşünmüyorum. Bir şeyleri unutmak zorunda değiliz bence. Dünyaya, bir şeyler yaşayıp, sonra yaşadığımız o şeyleri senelerce hafımızdan çıkarmak için uğraşmaya gelmedik. Bu yüzden unutmaya çalışmak, kendimize eziyet etmek gibi geliyor bana. Kalbinin, ders alması gereken bir şeyden, ders almamasını sağlamak gibi geliyor... Eğer bir şeyi unutacaksam, bunu düşünerek yapamam. "Kalbim, unut ne olur" diyerek, ona unutturamam. Başka insanlar, bunu sağlayamaz. Başkalarıyla ilgilenmek, belki anlık unutkanlıklar yaşatabilir bana. Ama hiçbiri, tamamen hafızamdan silemez unutmak istediklerimi...

Sen de artık unutmaya çalışma. Unutmaya çalıştıkça daha çok hatırlayacaksın unutmak istediklerini. "Unuttum" dediklerinde bile, insanlar bir kere daha hatırlarlar, yalan mı? Kim için, "Unuttum ben onu çoktan" desek, aslında bir kez daha hatırlar, bir kez daha o kişiyi anarız kendi dünyamızda. Unutmak marifetmiş gibi böbürlenir bazıları da. "O mu?" deyip güldükten sonra, "Unuttum ben onu çoktan, başkası var artık" der. Peki, insan neden eğer hayatında başkası varsa, geçmişindeki birini kelimelere döküp, onu unuttuğunu kanıtlamak ister? Ağızdan çıkan şey, öncesinde kalpten geçmez mi? Hem unutmak, marifet mi? Marifet değil ki. Biz öyle sandık. "Unutamıyor hâlâ. Yazık" dedik, unutamayanlara. Belki de onlara acıdığımız için, insanlar artık kendilerini "Unuttum onu" diyerek kanıtlama ihtiyacında hissediyorlar. Birbirimize ne kadar çok zarar veriyoruz aslında. Birbirimizin psikolojisinde ne çok etkimiz var... Bize hep böyle öğrettiler; "Unut, başkası olur...", "Unut gitsin, sen daha değerlisin..." Biz de unutursak mutlu oluruz sandık. Ama mutlu olmamız için, unutmamız şart değildi, bunu hep unuttuk...

Peki ya hatırladıkça iyileşsek olmaz mı? Evet, bizi üzen insanlar oldu. Yaraladılar. Ağlattılar. Heveslerimizi, umutlarımızı, hayallerimizi çaldılar, götürdüler. Ama ben, birini daha unutmak istemiyorum hayatıma girecek olan. Bana ne yapmış olursa olsun, onu iyi hatırlamak için bir sebep bulmak istiyorum. Çünkü biliyorum ki, o sebep de benim onu bulmamı istiyor. Biri vardı, beni çok üzmüştü mesela. Kendimi güçsüz hissettirmişti. Hayatımda, bana bahşedilmiş olan çok değerli günlerimi, aylarımı çalmıştı... Gecelerimi götürmüştü benden, gündüzlerimi almıştı. Ama sonra? Sonra bana kendimi buldurtmuştu. Üzmeseydi, güçsüz hissettirmeseydi; şu an hâlâ kendimi arıyordum belki de. Bu yüzden, hem o kişiyi unutmuyorum hem de onu iyi anıyorum. Çünkü beni üzmesinin ötesinde, bana kattığı çok başka bir şey var: "Kendimi bulmama yol açması..."

Her şeyi biz kodluyoruz hayatlarımıza. Her olayı, her insanı. Ve sen nasıl kodlarsan, öyle gelişiyor hayatın...

Sen de, hayatına giren hiç kimseyi unutmaya çalışma. Güzel bir sebep bul onu hatırlamak için. Çünkü, güzel bir sebep mutlaka var. Ben de bir anda bulamadım yukarıda anlattığım kişinin hayatıma etkisini ama insan düşününce, bir değil onlarca sebep bulabiliyor, üzülmenin ötesine saklanan...

Hayat, hiç kimseyi sırf sen üzül diye göndermedi hayatına. Mutlaka başka bir sebebi daha var, senin göremediğin, iyi bir sebep... Unutma kimseyi, hiçbir olayı, hatırla, hatırlat kendine. Onu hatırladıkça, kendini iyi hissettiğin bir sebep bul sonra... O zaman, eskisi gibi acıtmayacak canını. Güldürecek hatta seni...

Hadi bul... Çünkü o sebep de, senin onu bulmanı bekliyor...

İnsanın İstedikleri Kaderine Dönüşür

Kaderi de İstediklerine

Kaderinde neler yazılı olduğunu bilmek ister miydin? Hayatını, yaşamadan önce görmek? Film gibi, sahne sahne izlemek?

Veya bir kitap okur gibi, onu baştan sona okumak, sayfa sayfa, roman misali...

Ben istemezdim herhalde. Her şeyi bilmek, heyecanlandırmazdı beni. Bitmiş sahneleri izlemek, yazılmış sonları okumak istemezdim. Çünkü hep, yarın beni neler beklediği merakıyla yaşıyorum günlerimi. Neler getirecek? Kimlerle karşılaştıracak? Neler öğretecek? Filmi izlersem, filmi ileri sarıp sonunu görebilirim. Kitabı okusam, başı okumadan, sonunu açıp sonumu öğrenebilirim... O zaman ne zevk alırım ki hayattan?

"Bugün, ne mucizeler göreceğim bakalım..." diyerek uyanıyorum bazen. "Çünkü bugün de uyandırdıysa beni Allah, mutlaka vardır günümün içine koyduğu bir güzelliği" diye düşünüyorum. Güzellikleri fark etmeye çalışıyorum. Buluyorum da... Bazen, yanıma gelen, masum yüzlü bir çocuğu bana gülümserken görüyorum, ben de ona gülümsüyorum. Bazen de kalp şekli alan bir bulut görüyorum bana yukarlardan bakan, o da yüzümü güldürüyor, çocuk gibi... Teşekkür ediyorum sonra; görebildiğim, fark edebildiğim için... Evrenin, O'nun benimle konuştuğunu idrak edebildiğim için. Sonra dualarımı ediyorum gün içerisinde, yarınımı temin altına almak için. Çünkü dualardır biraz da, hayatın garantisi... Bankada ne kadar paran olduğu değildir ki senin garantin; parana ne olacağı hiç belli değildir. Baban da garantin değildir, annen de, kardeşin de, sevgilin de... Yarın onlara da ne olacağı belli olmaz... Ama sen duanla garanti altına alabilirsin hayatını. Teslim ola ola yaşarsan, hayatını güzelleştirebilirsin... Bu yüzden, gerek yok ki kaderinde neler yazılı olduğunu bilmeye, öğrenmeye. Ben zaten O'na teslim oldukça, O'nunla beraber yazmıyor muyum kaderimi?..

Ama eğer sen illa "kaderimi bilmek istiyorum" diyeceksen, anlatayım sana... Bence kaderinde, Allah'a ettiğin duaların yazılıdır. Tek tek ettiğin dualarla yazılmıştır kaderin. Onlar yol vermiştir hayatına... Onlar çizmiştir yol ayrımlarını... Etmiyorsan dua, bilmiyorsan Allah'a dönmeyi, o zaman isteklerin, hayallerin çizmiştir kaderini... Hayaller de, istekler de duadır aslında, çoğu insan bundan da habersizdir...

Her şey O'nun "Ol" demesine bakar. Ve sen o dualara neleri sığdırırsan, Allah da kaderine onları koyar. Seneler sonrası için, bugünden dua etmeye başla mesela. Ben hep öyle yaparım. Bazen 1 hafta sonrası için dua ederim ama bazen de "10 yıl sonra şöyle olayım" diye dua ederim. Çünkü bilirim ki, akla düşen, hayatıma düşmeye hazırdır. Ve ben insanlardan istemem işlerimi halletmelerini... Allah'tan isterim. O'ndan isteyince, işlerimi halledenleri O yollar zaten, benim aramama bile gerek kalmaz... Sırtını O'na dayadığında, başka birine güvenmek istemezsin ki zaten... O, en güvenli limanın, gideceğin en doğru adresin olur...

Bana, "Ben bunu yaşamayı istememiştim" deme hiç. Bunu istememiş olabilirsin ama başka bir şey istemiş miydin ki? Örneğin, "yalnız kalmak istememiştim" diyen biri, kaç kere "sevgilim olsun ne olur" diye dua etmiştir, bunun hayalini kurmuştur? Hayal kurmak bile nasip işidir... Hadi diyelim ki etmiş, ne kadar inanmıştır, her şeyin Allah'ın elinde olduğuna? Ne kadar kabullenmiştir, dünyadaki hiçliğini? "Parasız kalmak istememiştim" diyen biri, ne kadar "bolluk bereket benimle olsun" diye dua etmiştir? Etmişse, kaçı bunu patronlarına söylemek yerine, her şeyin sahibi Allah'a söylemiş, patronundan istemek yerine O'ndan istemiştir?

İnsan, kapasitesi kadar yaşıyor hayatı. Keşke herkes, kendisine tanınan kapasitesinin büyüklüğünü ve genişliğini bilebilse. O zaman kimse bu kadar küçük yaşamazdı.

Bu yazıyı okuduktan sonra yaşamıyorsan; büyük düşün, büyük yaşa. Hem söylesene, sen küçük, değersiz bir şey olsan, koskoca dünya senin için yaratılır mıydı?

Yaşayacaklarımızı Bilebilir ve Değiştirebilir miyiz?

Her gün aklımızdan binlerce düşünce geçiyor. Hatta o kadar çok şey geçiyor ki, biz bile bazen, kendimizi saçma sapan bir şey düşünürken bulabiliyoruz. Düşündüğümüz şeyin komikliğini ve bazen garipliğini fark ettikten sonra, "Nerden geldi bu şimdi aklıma?" diye şaşırıverip, "Aman neyse" diye devam ederek, başka bir konuya dalabiliyoruz. Neyse ki onlar geçip giden, anlık düşünceler oluyor... Bizi çok fazla etkilemiyor. Ama bazı düşüncelerimiz var ki, onları tekrarlayıp duruyoruz... Gece yatmadan önce yatağımızda, uyanınca kahvaltı sofrasında, işyerinde masamızda, okulda sıramızda, tatilde şezlongumuzda... Gittiğimiz her yere onları da götürüyoruz. Sanki cebimizdelermiş gibi... Bizle uyuyor, bizle kalkıyorlar. Bizle işe, okula gidiyorlar. Bizle tatile geliyorlar.

En önemlisi de; bunlardan bazıları iyi, bazıları kötü... Şimdi aşağıda yazacaklarımı okumadan önce, aklınızdan en çok neyi geçirdiğinizi düşünün... Aşk, aile, para, sağlık, mutluluk, kariyer, başarı, cinsellik, tuhaf fanteziler, para kaybı, sevgi görememek, aldatılmak, ezilmek, başkalarını ezme isteği, güç tutkusu, ün, şöhret... Her şey ama her şey olabilir! Kendinizi sınırlamayın, küçük düşünmeyin! Kendinize biraz vakit de tanıyabilirsiniz. Ben buradayım, kaçmıyorum!

Eğer bulduysanız, onu bir kenara not alın.

Düşünce öyle güçlü bir şey ki, her şeyde etkisi var. Bir kere zaten düşünce; nasıl, kiminle, nerede, hangi konumda, ne vaziyette olacağımızı belirleyen şey aslında. Üzerimizdeki etkisi öyle güçlü ki bizi yönetebiliyor, değiştirebiliyor ve bizi farklı yerlerde konumlandırabiliyor.

Çevrenize dikkatle baktığınızda, etrafınızdaki herkesin yaşadıklarının, düşündükleriyle paralel gittiğini göreceksiniz. Örneğin kendini güzel hissedenlerin, güzelliği kendileriyle bağdaştırdıkları için, başkalarına da güzel göründüklerini; kendini başarılı görenlerin, kendilerini burada konumlandırdığı için, hayatlarına başarıyı çektiklerini; kendini suçlu hissedenlerin bu sebeple, kendilerini bazı konularla cezalandırdıklarını, kendini zengin hissedenlerin zenginliği hak ettikleri için, kendilerini hep iyi yerlerde konumlandırdıklarını... Yani düşüncemiz, bizim hayatımıza yön veriyor ve bizim nesnel dünyamızı değiştirebiliyor. Neye meraklıysak onu düşünüyoruz. Neyi düşünürsek de onu yaşıyoruz! Er ya da geç. O halde yaşayacaklarımızı bilebilir ve değiştirebiliriz. Sağ yoldan mı gidelim, sol yoldan mı? Yokuş mu çıkalım, aşağı mı inelim? Çıkmaz sokaklara mı girelim, karanlık yollara mı girelim, aydınlık yollardan mı gidelim? Hepsi elimizde...

Bir yakınım, sürekli; "Bizden hiçbir şey olmaz" deyip duruyordu. Aynı ortamda ortak başka bir tanıdığım da "Neden olmasın canım? Olur" diye cevaplıyordu onu. Negatif düşünceli olan, negatif düşüncesini tekrarlardı. Diğeri de ona aynı cevabı verirdi sürekli: "Neden olmasın canım? Olur..."

Peki sizce sonra ne oldu?

Bizden bir şey olmayan, pek bir şey olamadı henüz... (Şu an değişmeye çalışıyor, inşallah olacak!) Ama "Neden olmasın canım?" diyen, istediği şeyi elde etti ve ilerledi... Peki ya "Bizden bir şey olmaz" diyen kişi başka bir şey düşünseydi, iyi bir şey olur muydu? Cevabı yazmama gerek bile yok...

Ne yaşayacağınızı merak ediyorsanız; düşüncelerinize ve düşüncelerinizin arkasındaki inançlarınıza dikkat edin. Onları yaşayacaksınız.

Kelimelerin Gücü

Hayatta her insanın düşünce yapısına saygım var. Ben inançlıyım ama ateist birine de saygı duyuyorum. Çünkü kimse benimle aynı düşünce yapısında olmak zorunda değil. Veya aynı düşünce yapısında değil diye, dışlanmak zorunda da değil... Dünyada herkes kendinden mesul. Hem ben kimim ki bir ateisti hor göreyim, belki yarın Allah'ı tanıyacak? Ben kimim ki belki yarın benden daha çok Allah'a yönelecek? Bilemem... Bu yüzden, eleştirmek de, hor görmek de; hadsizliktir. Belki fikrimi söyleyebilirim, düşüncemi belirtebilirim ama saygısızlık, bana da başkasına da düşmez...

Ben birinin düşüncesi sırf başkalarınınkinden farklı diye sınırlandırılmasını, saygısızca yorumlanmasını doğru bulmuyorum. Başkasının fikri bize saçma gelebilir, bizim fikrimiz de başkasına saçma. Bunlar olağan şeyler. Farklılıklar bir bakıma hayatımızda olmalı zaten. Özellikle farklılıklara bir de saygı eklendi mi, işte o zaman tam oluruz. Eğer saygı yoksa, hep ayrımcı ve tek taraflı olanlardanız...

Bir bu anlattığım şeyden, yani saygısızlık ve din konularında birbirini dışlamaktan rahatsızım, bir de bu konu dışında Allah'ı gerçekten tanımadan büyüyen insanlara üzülüyorum. Allah'ı gerçekten tanımadıkları için, O'ndan uzaklaşan insanlara... Peki bu neden oluyor? Bunu biraz araştırdım.

Herkesin zihninde bir Allah "kavramı" var. Bu öyle güçlü bir kavram ki, sanki her zihinde farklı farklı... Hıristiyanda başka bir kodlamada, Yahudide başka bir kodlamada, Müslümanda başka bir kodlamada. Hatta öyle ki, bunlar yetmiyormuş gibi, Allah mezheplerde de başka başka düşündürtülüyor.

Bunlardan bazıları "Allah seni kahreder" sözlerini işiterek, Allah'ın kahredici olduğunu düşünerek büyüyor. Bazılarıysa, "Allah sana değer verip, sana kendi ruhundan üflemiş" diyerek, Allah'ın onu çok sevdiğini düşünerek büyüyor. Şimdi, sizce bu iki ayrı grubun zihnindeki Allah aynı olabilir mi? Bence çok zor...

Peki biz, Allah'ı nasıl bilmeliyiz?

O kadar çok arkadaşım var ki... Ona öğretilen şeyler yüzünden Allah'tan soğuyor resmen. O'na küsüyor, darılıyor, dua etmek dahi istemiyor. Kim, "Allah seni kahreder", "Allah seni yakar", "Valla Allah seni taş eder" cümlelerinde geçen Allah kavramına sığınmak, tutunmak ister ki?

8 yaşındaki bir çocuğa, "Allah seni cehenneminde cayır cayır yakar" dersen, o çocuk nasıl Allah'a sıkı sıkı sarılsın, ona teslim olsun?..

Oysa çocuk, "Ne olursa olsun, yine gel" diyen Mevlana'nın cümleleriyle, Kur'an-ı Kerim'de sürekli bahsedilen "Allah tövbe edenleri sever" ayetlerini okuya okuya, Allah'ın affediciliğini, bağışlayıcılığını ve kulunu ne kadar çok sevdiğini bilerek büyüse, bugün bu kadar çok insan Allah'tan soğur muydu?

Kitapları okumamış olalım... Allah'ın iyiliğini, ne kadar çok günah işlemiş olursak olalım, ne kadar çok yanlış yapmış olursak olalım, ona ne kadar çok isyan etmiş olursak olalım, yine bizi kabul edip istediklerimizi vermesinden, bizi koruyup kollamasından anlamıyor muyuz? Eylemlerimizden bile, bizimle konuşmuyor mu aslında?.. Cevabı size bırakıyorum.

Özellikle son dönemlerde, dinden ve Allah'tan soğuyan, tanımak istemeyen insanlar çoğaldıkça, bu yanlış kodlamalardan daha da çok korkuyor, O'nu tanımayacak insanlar ve yaşayacakları hayatları için daha çok üzülüyorum.

Anneler ve babalar... Bu yazım biraz da sizeydi.

Lütfen çocuğunuzu Allah'ın kahrediciliğini, cehennemde cayır cayır yakacağını öğreterek değil, Allah'ın affediciliğini ve merhametini anlatarak büyütün...

Gerçekten Kalbin Temiz mi?

Düzgün kadınlar, yanlış erkeklerin peşinde koşturuyorlar dur durak bilmeden. Bunu bilerek, fark ederek, bilinçli şekilde yapıyorlar. Niye böyle?

Yanlış erkekler de, yanlış kadınların gölgelerinde yaşıyorlar. Onlar da farkında; bilerek, tıpkı kadınlar gibi bilinçli şekilde yapıyorlar. Niye böyle?

Tüm bunların dışında... Bir de düzgün erkekler var. Sakinler. Sakinlikleri, yalnızlığı getiriyor hayatlarına. Düzgün erkeklerin kaderi yalnızlık mı acaba? Hep yalnızlar da? Üstelik, yakışlı olmalarına rağmen. (Gerçi aşkın dış görünüşle alakası olmayan bambaşka bir şey olduğunu söylemiştim çok önce ama...) Sanmıyorum. Bunu hak etmiş olamazlar. Kurallara aykırı... Yine de anlamıyorum. Niye böyle?

Bir yandan bunları, bir yandan da başka bir şeyi sorguluyorum bu ara.

Mesela... Eğer bir erkek, bir kadınla henüz beraber olmamışsa, "Oğlum sende bir gariplik mi var lan? Doktora mı götürsek seni, ne yapsak?" deniyor ama bir kadın bakire kalabilmişse, erkeğin tenine dahil dokunmamış, onların tabiriyle "masum" kalabilmişse; "Aferin kızım..." deniliyor. Niye böyle?

Bir erkek, bir kadınla beraber olmamışsa "garip" mi olmak zorunda? Belki kendini hazır hissetmiyor, doğru zamanı bekliyor. Belki geneleve gidip yapma değil de âşık olup yapma taraftarı. Neden üstüne gidip duruyorsunuz bu insanların? Belki cinselliği hiç tatmayacak! Aseksüel olacak. Garip kelimesi bile kötü; neye göre, kime göre? Belki ona göre de, geneleve gidenler garip!

Veya "masum" kavramı! Belki çok severek sevişiyor bir kadın, bir erkekle. Ve sonunda evlenecek. Evlenirse, "masum" oluverecek, evlenmezse "orospu..."

Keşke böyle kelimeler türemeseydi de, sussaydık bazı şeylere...

Ayrıca, başkalarına yönelik seksist tutumlar da günah sayılmalı... Gerçi günah zaten... Başkalarını hor görmek, küçümsemek, kibir; hep günah!

Kendini "iyi" zanneden insanlar yüzünden oluyor sanırım bunlar. Bu "kendini iyi zannedenler" var ya, onlar hep mutsuz. Çünkü onlar da "iyilik" kavramından habersiz. Onların iyiliği başka, gerçek olan iyilik ise bambaşka. Ama onlar hep "Kalbim de iyi halbuki. Niye yaşıyorum böyle kötü şeyleri? Hayatta iyi olanlar kazanmıyor, kaybediyor!" diyor; bir yandan çaylarını yudumlayıp, bir yandan televizyondaki sunucunun boşanma haberlerini dinleyerek, "Bu kızı da hiç sevmem... Orospu, oh olmuş aldatılmış, iyi oldu buna" derken. İyilik bilmiyor, kendini iyi zannedenler. Başka bir gün arabalarına yanaşıp, elindeki mendili satmaya çalışan, yalan ya da değil ama ondan kötü durumda olduğunu içten içe bildiği küçük çocuğa; "Yok canım, yok bende para falan, Allah versin, hadi çocuğum" diyerek kapıyorlar son model arabalarının camlarını "pat" diye. Hayatlarına açılmasını bekledikleri o mutluluk kapılarını da kapadıklarından habersizler, camlarını kapatırken. Çünkü aynı anda gerçekleşiyor aslında ikisi de... Dikiz aynasından her şeyi görüyorlar ama fark edemiyorlar, fark etmeleri gereken en mühim şeyleri... "Bana bu parayı kim veriyor? Kim bu son model arabaya binmemi sağlayan? Ne bu dışardaki mendil satan çocuğun arabama yapışmasının anlamı?" Sorgulamıyorlar, düşünmüyorlar. Tekrarlayıp duruyorlar sonra "Neden istediklerim olmuyor?.. Neden, neden, neden?" diye.

Kendini iyi zannedenler, bir rüyada yaşıyorlar. Uyandırılmaları gerekiyor. "İşte bu yüzden olmuyor istediklerin. Çünkü ağzın pis, düşüncelerin pis... Bindiğin arabanın ne kadar lüks olduğu, oturduğun evin kalitesi, bankadaki paran, ne yazık ki kalbini temizleyemiyor!" demek, kalplerinin tozunu almak gerek...

Sanırım kalplerinin tozunu almadan, istediklerinin neden olmadığını göremeyecek bu kendini iyi zannedenler...

Umarım bir gün herkes "iyilik" kavramının ne olduğunu anlar...

Çünkü o zaman neden isteklerinin gerçekleşmediğini de anlamış olur.

Geçmişi Değil Bugünü Yaşa

O hatırlamak istemediğin ama sürekli hatırladığın şey var ya... O şey çoktan BİTTİ.

Hatırlaman, düzeltmeye yaramayacak. Hatırlaman, geçmişi geri getirmeyecek. Geçmişe geri dönüp değiştiremezsin yaşadıklarını. "Kötü bir şey" diye adlandırarak iyileşemezsin. Sadece yaşadığın şeyden kötü enerjiler almaya devam edersin, iyiliğini, iyi enerjilerini görmeden. Bazı şeylerin yaşanması gerektiğini, içinde öğretilerin olduğunu, öğretilerin içinde de sır saklı olduğunu göremeden geçmişe bağlı yaşar, öfkelenir durursun sadece.

O gün, o sözcükler çıktı ağzından, yaşandı ne yaşandıysa artık... Yine o gün, doğması gereken güneş doğdu ve ardından battı, karardı gece. Herkes hayatına devam etti. Ve tabii, doğal olarak senin de hayatın devam etti.

Sonra daldın, o gün uyuman gereken uykuna. Belki aynı kişi olarak, belki aynı değil. Ama hayatın devam ederken, sen devam edebildin mi? Yoksa o günde misin hâlâ? Bugünde misin, yoksa onu mu yaşatıp duruyorsun zihninde, onu mu görmek istiyorsun hâlâ dışarıda, sokakta, sevdiklerinde? İşte sorunun da tam burada başlıyor zaten.

Eğer geçmişi, o "düşündüğün şeyi" orada, o günde bırakabilirsen, o ruh halinden de yaşadığının sende bıraktığı kötü izlerden de kurtulabilirsin. Çünkü sen bunu düşündükçe, bugünün tarihinde değil, o günün tarihinde yaşıyorsun aslında... Bu gününü kaçırırken, aynı kötü şeyi tekrar yaşatıyorsun kendine farkında olmadan...

Ama o gün çoktan bitti. Ve bir daha yaşanmayacak.

Ne geçmişe bakıp üzül ne de geleceğe bakıp tedirginleş.

Özgür bırak günlerini.

"İyi ki yaşamışım,
yaşamışım da değişmişim,
değişmişim de öğrenmişim,
öğrenmişim de ilerlemişim" de.

Görebiliyor musun? Kelimelerin içinden bile değişik öğretiler çıkarken, senin o yaşadığından kim bilir neler çıkar neler?.. Yeter ki farklı yerden bakmayı dene!

Ve unutma; bazı günleri geçmişte bırakamazsan, "bugününün" güzelliğini hiç yaşayamazsın.

Gözleriniz Ne Kadar Açık?

Hayatınızda dolap karşısında iki saat ne giyeceğinize karar vermeye çalışmak yerine, gökyüzünü incelemeye, mesela bulutlara bakmaya zaman ayırdınız mı hiç? Hayatınızda hiç arkadaşlarınızla toplanıp vizyona giren yeni bir filme gitmek yerine, o filme tek başınıza gitmeyi denediniz mi? Hayatınızda hiç cumartesi gününüzü en sevdiklerinizle, en sevdiğiniz şeyleri yapmak yerine, bir huzurevini ziyaret ederek geçirdiniz mi? Hayatınızda hiçbir gününüzü insanların "Sana çok yakışıyor, bayıldım" dediği şeyi giymek yerine, kimsenin size yakıştıramadığı ve kimsenin sizin üzerinizde beğenmediği ama sizin nedense çok severek seçtiğiniz bir şeyi giyerek geçirdiniz mi? Hayatınızda hiç sabahtan akşama kadar telefonunuzu cebinizde taşımak yerine, telefonunuzu evde bırakıp dışarı çıktınız mı? Hayatınızda hiçbir zaman üst üste üç kişiyle buluşup, üç saat birilerini çekiştirmek yerine, üç kitabı bir oturuşta okudunuz mu? Hayatınızda hiç gece istekleriniz için dualar etmek yerine, sapasağlam şekilde yatakta yatabilmenize, yatağınız içinde dönebilmenize, başınızı rahatça çevirebilmenize, yatağınızın kenarındaki lambayı görebilmenize "teşekkür" ederek, uykuya dalmayı denediniz mi? Hayatınızda hiç size yakın olan fikri dinlemeye devam edip desteklemek yerine, size zıt fikirlere sahip olan, bir türlü anlayamadığınız bir insanı anlamaya çalıştınız mı? Hayatınızda hiç yanınızda olmayan insanlara kızıp isyan etmek yerine, hayatta oldukları için, yanınızda olmasalar da telefonunuzun "Ara" tuşuna bastığınızda ulaşabilecek kadar kolay olduğunu fark edip gönül rahatlığıyla hayatınıza devam edebildiniz mi? Hayatınızda hiç kendi değerinizi gerçekten çok iyi bildiğiniz için, sizden ayrılmak isteyen birine "Niye ayrılıyorsun? Ne oldu? Konuşup düzeltebiliriz" demek yerine, "Peki, sen bilirsin. Saygı duyarım... Ben de başımın çaresine bakarım" dediniz mi?

Demediyseniz... Bir deneyin. Eğer bir şeyler ters gidiyorsa, siz de yaptığınız şeylerin tam tersini yapmayı deneyin. Örneğin, bazı insanların gerçekten sizi sevmesi için, onları hiç sevmemeniz gerekebilir! Bu sadece bazı insanlar için geçerliydi ve sadece bir örnekti...

Hani "mutsuzum" diyorsunuz ya, işte o mutsuzluk dediğiniz şey baktığınız o pencerenin tozlarından kaynaklanıyor.

Hayata baktığınız pencereyi değiştirin ki, hayatınızda ne bir toz kalsın ne de başka bir pislik...

İnsan Hayatta Kimi Dinlemeli?

Instagram'dan bir çocuk mesaj atmış: "Arda senin bu yazıların yüzünden sevgilimden ayrıldık! Allah seni bildiği gibi yapsın!!!" diye... Kızmış bana. Öfkelenmiş bildiğin... Ben de böyle, şaşkın şaşkın bakıyorum ekrana... Diyorum ki kendi kendime, benim yazma niyetime bak –insanlara iyi gelmek– gerçekleşene bak; kızı sevgilisinden ayrılmış! Ne yaptım ben! Bu kız beni dinlemiş, güzel ama sevgilisinden ayrılmış. İyi olmuş mu? Soramıyorum da. Eğer benim dediklerimi mantık süzgecinden geçirdikten sonra uyguladıysa, sorun yok. Yani, belki iyi de yaptı, ne bileyim, belki çocuk eziyet ediyordu kıza, aldatıyordu. Ama soramıyorum işte. Soramadığım için bilemiyorum da. Ama eğer kız mantık süzgecinden geçirmeden uyguladıysa, hatalı. Eğer mantık süzgecinden geçirdikten sonra ona iyi geleceğini düşündüyse, kendi bileceği iş. Ben kendi fikrimi söylerim. Eğer insanlar mantık süzgecinden geçirdikten sonra kabul ediyorlarsa, içlerine siniyorlarsa, uygulasınlar. Ama içlerine sinmiyorsa, uygulamasınlar... Bunda benim suçum yok yani. Böyle bir şeyle uğraştım işte! Girişi bu örnekle vermek istedim. Çünkü bu mesaj bana ilham verdi... Başka bir soru getirdi aklıma:

"Mutlak doğru var mıdır ki?"

Şimdi... Günümüz dünyasında, her yerden yağmur gibi, kar gibi üzerimize yağan bir bilgi akışı var. Televizyonlar bir şeyler söylüyor; reklamlar, markalar bir şeyler söylüyor; kitaplar, gazeteler, dergiler bir şeyler söylüyor; filmler, şarkılar, radyolar bir şeyler söylüyor; ailemiz bir şeyler söylüyor; arkadaşlarımız, sevgilimiz, kardeşimiz... Bu var ya, böyle gider de gider yani!

Herkes bize bir şey dayatmaya çalışıyor. Yani hepimiz sanki bunların içinden neyi seçersek, hangisini seçtikten sonra ona empoze olursak, onu yaşayacağız. Aslında bu o kadar tehlikeli ki! Belki empoze olduğumuz şey, hiç bize göre bir şey değil? Veya empoze olduğumuz şey, bizi hiç mutlu etmeyecek... Örneğin, ailemizin dediğini yapmayıp, en yakın arkadaşımızı dinlemek; veya sevgilimizi dinlemeyip, en sevdiğimiz şarkıcının şarkısında bahsettiğini uygulamak gibi...

Peki biz hayatta neleri dinleyip neleri uygulamalıyız?

Bunu çok düşündüm, "Ben ne yapıyorum da, dertlerimden kurtulabiliyorum? Ne yapıyorum da, doğru seçimler yapabiliyorum?" diye kafamın içinde araştırdım durdum.

Ben, aslında sadece şunu yapıyorum: Diyelim ki bir şey aklıma takıldı. Bunu, hayatımda karakterine, vizyonuna ve duruşuna güvendiğim belli başlı insanlara soruyorum. Hatta onlarla uzun uzun konuşuyorum. Saatlerce, günlerce, haftalarca, belki aylarca! (Hiç olmadı ama yıllarca bile olabilir!)

Sonra, bana yapmam için önerdikleri şeyleri önce bir mantık süzgecinden geçiriyorum. "Ne demek istiyor? O hangi taraftan bakıyor? Dediği şeyi yapmak, benim kişiliğime uyar mı? Hayatıma oturur mu?" diye. Özellikle bana bambaşka bir taraftan bakan bir bakış açısıyla gelmişse, dediğini yapmak karakterime de uyuyorsa, onu not eder gibi, beynimin bir köşesine koyuyorum. Uzun uzun düşünüyorum sonra... Tartıyorum kafamda. Eğer, onun fikri, kavramları, benim hayatımla da uyuyorsa, beni "ben" yapan şeylere tezat değilse, alıyorum fikri, hoop uygulamaya geçiyorum. Ve genelde, o dediğim insanları dinlediğim için birçok şeyi düzeltmiş olabiliyorum...

Bazen de tam tersi olabiliyor. Örneğin, bir arkadaşım bana ısrarla bir şey anlatıyor. Anlatıyor, anlatıyor, anlatıyor... Ben de dinliyorum, dinliyorum, dinliyorum! Yok! İçime sinmiyor dedikleri. Yapmıyorum bu yüzden. Sonra bana kızıyor... Ama ben içime sinmeyen şeyleri yaparsam, sonunda mutsuz olacakmışım gibi hissediyorum. Genelde bundan kaçınıyorum. Bu yüzden bazen de onları dinlemiyorum. Ve sonra da onlara "Bak, iyi ki söylediğini yapmamışım. Yapsaydım şimdi hiç de iyi olmazdı..." dediğim olabiliyor.

O halde demek ki neymiş?

1- Hayatında karakterine ve vizyonuna güvendiğin belli başlı bazı insanları seç,

2- Onlarla paylaş, sonra onların fikirlerini dinle,

3- Onların dediklerini mantık süzgecinden geçir, kafanda tart,

4- Eğer mantıklıysa yap, değilse onlara teşekkür et, kendi bildiğini oku.

Başkasının doğrusu her zaman senin doğrun olmayabilir... Senin doğrun da her zaman başkasının doğrusu. Nietzsche haklı yani: "Mutlak doğru yoktur."

Ve tabii unutma:

Bazen en doğru cevabı, hayatında en güvendiğin insan dahi bilemez...

Bazı cevapları, sadece sen bilebilirsin.

Sen ve kalbin...

Güvenilir İnsan Bulmak Üzerine...

Hepimiz şunu çok yapıyoruz, eminim:
Biri güvenimizi kırarsa bu yaptığını tüm insanlara mal edip bir daha hiç kimseye güvenmiyoruz.

Biri bizi kırmışsa, sanki tüm insanlar bizi kırmış gibi hissediyoruz. Biri bizi vurmuşsa derinden, sanki tüm insanlar gelip vurmuş gibi...

Sonra da, "Güvenemiyorum, güvenecek insan yok ki güveneyim" diyoruz. Halbuki var. Eğer sen güvenilir biri olduğunu düşünüyorsan, senin gibi insanlar vardır. Çünkü herkes birbirine ayna görevi yapar evrende...

Bu, güvenle alakalı hayal kırıklıklarını tüm insanlara mal etmek bana çok yanlış ve diğer insanlara yapılan haksızlık gibi geliyor. Evet ben de yaptım ama yapmamalıydım. Çünkü birincisi; her insan aynı değil. İkincisi; yaşadığımız bir şeyi ikinci defa yaşamak zorunda değiliz. Eğer yaşıyorsak, ya yaşamaktan çok korktuğumuz için hayatımıza çekmişizdir ya da bizi daha iyisinin bulacağına olan inancımız olmadığından yaşamışızdır.

Bazı şeyler, öğreti olarak gelir bize. Bakmayın, aslında her insan, ilk başta da kendini belli eder. Ama biz görmek istemeyiz. Yani, hiç kimse tanıştığımız zaman farklı, sonra farklı değildir aslında, aynı kişidir. Biz görmek istemeyiz sadece. "Bana öyle geldi herhalde" deriz bir hareketini yorumlarken ama aslında kişinin o hareketi işarettir bize, görmemiz gereken. Sonra "gayet iyi biri" deyip kendimizi kandırırız. Çünkü insan kendini kandırmaya çok meyillidir ve bunu çok severek yapar. Yani aslında kime güvenip, kime güvenmememiz gerektiğini de biliriz. Duygular niye vardır? Hissetmek için. Böyle duyguları da hissederiz. İnsanların iyi olup olmadığını, güvenilir olup olmadığını duygularımızı kullanarak çok iyi bilebiliriz. Duygular sadece sevmeye yaramaz yani. Ama nedense gidip güvenmememiz gerekenlere güveniriz. Kötü olanı severiz falan filan... Böyle bir eğilimi vardır bazılarımızın. Genelde bunlar ilk başlarda olur. Yani, çok insan tanımadan... İnsan tanıdıkça, "Bana öyle geldi" gibi cümleler peşimizi bırakır. Çünkü farkındalığımız artmış, gözlerimiz açılmıştır artık.

Kısaca demek istediğim; bu korkuları bırakmamız gerektiği. Korkarsak, korktuğumuzu kendimize çeker, onu yaşarız. "Bir daha yaşamak istemiyorum, çok korkuyorum aynı şeyleri yaşamaktan" dersek, muhtemelen yine aynı şeyleri yaşarız.

Çünkü yine, korktuğumuz şeyleri kafamızda imgelemiş, onları kurmuşuzdur...

Biraz iyi insanları, iyi yerleri, insanlara güvendiğinizi imgeleyin, onları düşünün, onları kurun kafanızda.

Çünkü biz eğer başkalarının da bizim gibi güvenilir olduğuna inanmazsak, hayat bize asla güvenilir insanlar yollamaz. Hep derim ya; "Neye inanırsan, bir gün onu yaşarsın..."

Yani güvenirsek bir şeylere, inanırsak bizim gibi iyi insanların da olduğuna, ki eminim vardır, lütfen yok demeyin hâlâ!.. İşte o zaman güvenilir insan da kalkar bir yerlerden bize gelir...

İnşallah...

Kendinle Barıştın mı?

"Ne kadar seviyorsun kendini?" diye sana sorsam; korkarak, çekine çekine cevap verenlerden mi olursun, yoksa rahat rahat "Çok seviyorum kendimi" diyenlerden mi?

Umarım rahat rahat, kendin için, gerçekten, içinden gelerek, samimiyetle "Çok seviyorum kendimi" diyebiliyorsundur. Çünkü kendini sevmek, her şeyden önemli. Neden diyecek olursan, nedeni belli. Ömür boyu kendinlesin bir kere. Bırakıp gidemiyorsun kendini. "Al biraz da sen yaşa" deyip, birine bırakamıyorsun kendini. Değiştiremiyorsun ruhunu. Kendinden kaçıp başka bir ruha, bedene, şehre gidemiyorsun. Kendinlesin hep. Mecbursun yani buna. Hayatta eşini, dostunu, işini, hobilerini, evini değiştirebilirsin ama kendi ruhundan kaçamaz, onu değiştiremezsin.

O zaman, ne yaşamış olursak olalım, ne yapmış olursak olalım, pişmanlıklarımızla, yanlışlarımızla, hatalarımızla kendimize sarılıp, sevmeliyiz kendimizi. Ben şahsen, hiç çekinmeden söyleyebilirim: Çok seviyorum kendimi çünkü değerli olduğumu düşünüyorum, boşuna yaratılmadığımı biliyorum. Hatalarımla da seviyorum kendimi ve en büyük öğretileri hatalarımdan alıyorum. Suçlamıyorum kendimi hiçbir şey için. Biliyorum, suçluluk öyle bir duygudur ki yer bitirir insanı! Ve insana en büyük zararı suçlamak verir. Ama çoğu insan, kendini çok sevmenin "egoistlik" olduğunu düşünüyor. Ve bu o kadar yanlış lanse ediliyor ki, insanlar "Kendimi sevdiğimi söylersem, kibirli dururum" diye düşünüp, söyleyemiyor kendini sevdiğini. Söylemeyi de geçtim, kendini sevmeyi bile düşünemiyor. Ve bu yüzden hayatın en önemli şeylerinden birinin, illa birini bulup başkasını sevmek değil; başkasını sevmekten önce, kendisini sevmekten geçtiğini unutuyor.

Biz toplumca kendimizi suçlamaya çok meyilliyiz... Sürekli "Aptallığıma bak", "Saf olmasam keşke bu kadar", "Aptalım ben aptal! Nasıl izin verdim bana bunu yapmasına?", "Nefret ediyorum kendimden" gibi cümleler kurup, kendimizi suçluyoruz. Çok duyuyorum bu tarz cümleleri. En az başkalarına sinirlendiğimiz kadar, kendimize de sinirleniyoruz. Hatta bazılarımız, başkalarına sinirlenemiyor. Hep kendisine sinirleniyor, kendisine kızıyor.

Bu nasıl oluyor diye soracak olursanız, şöyle: Biz karşımızdakini sevmekten, bazen gerçekten karşımızdaki çok hatalı olsa bile onun hatasını göremiyor, hatasını bildiğin hiç yapmamış sayıyor, yine kendimizi suçluyoruz. Suçsuz olsak bile yapıyoruz bunu. Dikkat edin hayatınıza. Eminim, suçunuz olmadığı halde, özür dilemiş, çok sevdiğiniz için ve karşınızdakini hiç kaybetmek istemediğinizden, onun hatalarını görmezden geldiğiniz çok insan olmuştur. Bu arada sakın yanlış anlaşılmasın, ben size hatalarını görmezden gelmeyin demiyorum, görmezden gelin tabii ama sonrasında kendinizi "Keşke yapmasaydım! Keşke o hatasını affetmeseydim!" diyerek, suçluluk psikolojisine sokmayın diyorum...

Ne her zaman biz suçluyuz ne de her zaman karşı taraf suçlu. Herkes, kendine göre haklı bu hayatta. Bir olay yaşanmış diyelim. Bu olayı iki taraftan ayrı ayrı dinleyin, muhtemelen birine daha yakın hissedersiniz kendinizi ama sonunda ikisinin de kendine göre "haklı" olduğunu düşünürken bulursunuz kendinizi. "Asla tek taraflı yanlış olmaz," sözü, bu dediğimi hep doğrular...

Barışın kendinizle... Sevin kendinizi... İnsan kendisiyle barışmadan, başkalarıyla barışamıyor, onlarla mutlu olamıyor. İçinde mutsuz hisseden insanlar, dışarıdakilerle de hep mutsuz, onlarla da huzursuzluk içinde. İçinde kavgaları olan insanlar, hep dışarıdakilerle de kavgalı, onlardan da öç almanın peşinde. İçinde kavgası olanlar, trafikte de yan arabadakine bağırır, evde de yanındakine... Bunun tabii ki çok fazla etkisi var. Çocukken yaşanılan şeyler, ergenlikte yaşanılan şeyler, aileden görülen, gözlem yapılarak öğrenilen şeyler... Bu böyle uzar gider. Ben artık insanın bazı şeyleri de kendi kendine yaptığını düşünüyorum. Her zaman aileleri suçlamak bana doğru gelmiyor. Örneğin, bazı arkadaşlarımın ilişkileri gayet güzel ilerliyor. Mutlu bir ailede büyümemiş olmalarına rağmen... Yani, bazen insanın kendisi de kendi doğrularını yaratıp, kendi istediğine göre yaşayabilirmiş. "Benim anne babamın evliliği kötü" deyip ilişkilerden soğumayabilirmiş... Hani hep bir şeyleri birbirine bağlamaya meraklıyız ya; bazen hiç o bağladığımız sebep gerçek sebep olmayabiliyor yani... İnsan kendisiyle barıştığında her gördüğünü, her duyduğunu doğru kabul etmeyip kendi doğrusunu yarattığında; kendiyle barışmış oluyor bence.

Ama kesinlikle, suçluluk duygusu; hayatın da o kişiye hep suçlu hissettirecek olaylar getirmesine sebep oluyor. Suçluluk duygusu da genelde her şeyi üzerine alınmaktan ve her olayın sebebinin kendisinden kaynaklandığını düşünmekten geliyor.

Bilin ki yaşanılan her olayın sebebi siz değilsiniz.

Suçluluk hissettiğiniz ne varsa o olaya şöyle deyin:

"Yapmak istedim, yaptım... Fazla düşünmeye lüzum yok.

Yaşamasaydım öğrenemezdim...

Öğrenmeseydim, bugünkü ben olamazdım..."

Merhem

Farkında mısınız? Nerede biraz dertli, biraz sorunlu, bizi istemeyen bir insan varsa, o insanlara koşuyoruz hepimiz. Koşup sorununu dinlemek, o soruna merhem olmak istiyoruz. Seviyoruz birilerini didik didik etmeyi, araştırmayı, araştırdıktan sonra da çözmeyi. Biri yaralı mı, canı mı yanmış, derdi mi çok? Yardıma mı ihtiyacı var? Hemen oradayız, yanı başındayız. Koşuyoruz hemen...

Yani, genelde kırık kalplere âşık oluyoruz, biraz sorunlu, yaralı insanlara... Niye yapıyoruz bilmiyorum ama seviyoruz bunu. İnsanları düzeltmek bizi mutlu ediyor. Başkalarını düzeltirsek, belki bize de umut olur, biz de düzeliriz diye düşünüyoruz. Sanki böyle yaratılmışız... İşin ilginç tarafı, kendi dertlerimizi unutup, başkalarının dertlerini çözmeyi seviyoruz. Belki de başkalarının dertleri bize kendi dertlerimizi unutturuyordur, kim bilir? Tek kötü yanı, dertlerimize bir dert daha ekliyoruz farkında olmadan... N'apalım, bünyemiz böyle sanırım...

Bir arkadaşımla günümüz ilişkileri üzerine konuşurken, arkadaşım bana aynen şöyle dedi:

"Arda ben son zamanlarda, benden hoşlandığını söyleyen insanlara 'Seni üzerim, benden uzak dur' diyorum. Fark ettim ki, ben bunu dedikçe, insanlar benimle daha çok vakit geçirmek istiyorlar, daha çok yaklaşıyorlar bana..." Şaşkınlıkla dinledim onu. Sonra şunları ekledi: "Hatta öyle açık sözlü şekilde söylüyorum ki, karşımdaki kişiye, ona başkasını sevdiğimi söylüyorum, unutamadığım biri olduğundan bahsediyorum, uzun uzun anlatıyorum. Sonra da ben seni üzerim, benden uzak dur bence, diyorum. Yanımda kalmaya, beni aramaya, peşimden gelmeye devam ediyorlar... 'Ben sana onu unuttururum, yeter ki yardım etmeme izin ver' diyorlar. Çok ilginç değil mi?"

O konuşurken, her zaman yaptığım gibi, hem hayatımdakileri hem de hayatımdakilerinin hayatlarındakileri düşündüm bir yandan... Doğru bir şey söylüyordu, haklıydı. Düşünüyordum da... Bir arkadaşım, annesi babasını aldatan birine âşık olmuştu, ona kadınlara güvenmesi gerektiğini öğretmeye çalışıyordu. Diğeri annesinin kızını bırakıp gittiği için yalnız kalmış kimsesiz birine âşık olmuştu, kıza kimsesiz olmadığını, hayatın güzel olduğunu öğretmeye çalışıyordu... Diğeri, baba sevgisi göremeyen bir çocuğa âşık olmuştu, çocuktan o boşluğu doldurmasına izin vermesini istiyordu... Diğeri, kendini sevmeyen, sevgisini başkalarından gördükçe kendini sevmeye çalışan, aşka muhtaç birine âşık olmuş, ona kendisini değerli hissettirmeye çalışıyordu...

Yani insanlar, sorunlu insanlara âşık oluyordu. Biraz yanlış tiplere. Biraz ilgiye muhtaç, biraz aşka aç. Biraz yarım. Biraz hüzünlü. Biraz eksik...

İnsanlar, kendilerine çok güvenen, ayakları sapasağlam yere basan, kendi kendine yeten insanlara âşık olmuyordu... Kural mıydı şimdi bu? Sevilmek için illa güçsüz olmak mı gerekirdi? Ah... Yazarken bile aklım allak bullak oldu!

Bu ne kadar doğru? İnanın bilmiyorum... Ama yukarıda aklıma gelmiş olan çoğu örnek, bunu doğrular gibi...

Hayatta başkalarının acılarını iyileştirmeye inanıyorum. Başkalarının acılarını paylaşmaya da. Ama derde bir dert daha eklemek, iyice dertleri büyütmeye inanmıyorum.

Birilerinin yaralarına merhem olmak güzel ama...

Ya merhem olmak isterken, "yara" olursak?

Hayat öyle garip ki...

"Niye yaşıyorum ben bunu?" diye sana düşündürtüp dururken, bir anda seni ikinci kitabının sonunu yazdırırken buldurtabiliyor kendini...

Hayat, öyle gizemli ki...

Söylemiyor sana neler yaşatacağını. İpucu vermiyor başlarda neden yaşattığıyla alakalı. Yaşattıklarını, "neden" sana yaşattığını, yaşadıklarının neden gelip seni seçtiğini söylemiyor sana... Bahsetmiyor hiçbir şeyden.

Sen başına gelenleri yaşayıp dururken, sonra sonra anlıyorsun nedenleri... Çok sonra anlıyorsun.

"Çok şükür" desem, yetmez ki yaşadığım üzüntülerin, zorlukların bana kattıklarına, bana böyle başarılar getirdiklerine minnet duymaya. İfadesizim...

Tuhaf, valla tuhaf... Yaşadıklarına kızarken, çok sonraları, bütün bunlar için teşekkür ederken bulabiliyor insan kendini...

Kitabımı "İyi ki diyerek yaşayın" sözleriyle bitirmek istiyorum.

Ben de başlarda, senin gibi isyan ettim ama yaşamasaydım ben, "ben" olamayacak, kendimi, Allah'ı bulamayacak, doğruyu yanlıştan, iyiyi kötüden ayırt edemeyecektim...

İyi ki yaşamışım...

Sen de...

İyi ki varsın, iyi ki yaşıyorsun. Yaşadıklarını da, iyi ki yaşamışsın.

Göreceksin, benim gördüğüm gibi, hayatının gidişatında başına gelen şeylerin, seni seçmesinin bir sebebi olduğunu...

Kim bilir?

Belki de bu kitaptan sonra yeniden başlayacak hayat senin için...

Belki bu kitaptan sonra göreceksin, bugüne kadar göremediklerini...

Çünkü hayat, nefes aldığında değil, fark ettiğinde başlar...